Maya

Terremoto de pasiones

WITHDRAWN

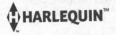

Editado por HARLEQUIN IBÉRICA, S.A.
Núñez de Balboa, 56
28001 Madrid

I.S.B.N.: 978-84-687-3153-7
Depósito legal: M-16704-2013
Editor responsable: Luis Pugni
Fotomecánica: M.T. Color & Diseño, S.L. Las Rozas (Madrid)
Impresión en Black print CPI (Barcelona)
Fecha impresion para Argentina: 10.2.14
Distribuidor exclusivo para España: LOGISTA
Distribuidor para México: CODIPLYRSA
Distribuidores para Argentina: interior, BERTRAN, S.A.C. Vélez
Sársfield, 1950. Cap. Fed./ Buenos Aires y Gran Buenos Aires,
VACCARO SÁNCHEZ y Cía, S.A.

Capítulo 1

DESPUÉS de que los invitados se hubiesen marchado, sonó el timbre de la puerta. Reiko, que se había sentado para quitarse los zapatos, se irguió en el sofá y frunció el ceño.

El timbre volvió a sonar una segunda vez antes de que recordara que le había dicho al mayordomo que podía irse a casa. Se puso de pie con un suspiro y fue hacia el vestíbulo. Aquella fiesta no había sido una buena idea; no estaban para esa clase de gastos. Sin embargo, Trevor había insistido.

Para mantener las apariencias. Reiko hizo una mueca de desagrado. Demasiado bien sabía ella lo que era mantener las apariencias. Era toda una experta a ese respecto. Cuando la situación lo requería, como esa noche, era capaz de sonreír, reírse y salir airosa de una conversación espinosa.

Pero esa careta estaba resquebrajándose, y últimamente incluso el pequeño esfuerzo que le suponía obligarse a sonreír la dejaba agotada. Y todo había empezado cuando había sabido que estaba buscándola...

Sus pensamientos se frenaron en seco en el momento en que abrió la puerta, y un gemido ahogado escapó de su garganta al ver al hombre de pie frente a ella: Damion Fortier.

–De modo que aquí era donde te escondías –murmuró él–, en la casa de campo de Trevor Ashton... perdón, de *sir* Trevor Ashton –se corrigió con retintín.

La profunda y aterciopelada voz del inesperado visitante, marcada por ese inconfundible acento francés, rezumaba satisfacción y una ira apenas contenida.

Reiko había temido aquel momento desde que había sabido que estaba buscándola; por eso no había permanecido en el mismo sitio durante más de unos días. Una ola de pánico la invadió.

El aire de suprema confianza en sí mismo que exhibía no había disminuido ni un ápice desde la última vez que lo había visto.

Damion, sexto barón de Saint Valoire, descendía de una aristocrática familia francesa, medía casi dos metros, y era increíblemente apuesto, incluso cuando estaba furioso, como en ese momento.

El cabello, castaño y ligeramente ondulado, le rozaba el cuello del traje gris que llevaba, pero no le daba un aspecto descuidado ni pasado de moda. Sus anchos hombros llamaban la atención, pero, a pesar de su físico atlético, por lo que realmente destacaba era por la belleza de sus facciones.

Reiko, a quien le habían inculcado el amor al arte desde su nacimiento, y que había aprendido todo lo que había que saber bajo la tutela de su difunto abuelo, era capaz de distinguir una obra maestra a diez metros. No en vano había elegido la profesión que había elegido.

Damion Fortier era como una versión de carne y hueso del *David* de Miguel Ángel, con unas facciones de una belleza tan singular y arrebatadora que atraía todas las miradas. Y, en cuanto a sus ojos, esos ojos grises... Siempre le recordaban a las furiosas nubes de tormenta que se formaban justo antes de que empezaran a descargar rayos y truenos.

–¿No vas a decirme hola siquiera?

Reiko inspiró profundamente para intentar calmar su corazón desbocado, y se obligó a dar un paso adelante y tenderle la mano.

–¿Cómo se supone que debería llamarte? ¿*Monsieur* Fortier?, ¿o quizá prefieres «barón»? Ahora que ya sé que no te llamas Daniel Fortman, quiero saber cómo debería dirigirme a ti.

En vez de quedarse esperando, estrechó la mano de Damion.

«Enfréntate a tus demonios»... ¿No era eso lo que le había dicho su psicoterapeuta? Debería ir y exigirle que le devolviera su dinero; hasta el momento, su consejo no le había servido de nada. Más bien al contrario: era como si sus demonios se hubiesen hecho aún más fuertes y temibles.

Una explosión de calor desbarató sus pensamientos cuando los dedos de Damion apretaron los suyos. Aquel contacto hizo aflorar recuerdos enterrados en lo más profundo de su mente, y eso la hizo sentirse aún más tensa, pero los ignoró, desesperada, y puso su otra mano sobre las de ambos.

Vio sorpresa en los ojos de Damion. Había aprendido que ese truco, hacer un movimiento audaz, siempre desarmaba a su oponente lo justo para poder ver tras la fachada, para poder ver a la persona real, debajo de esa máscara civilizada de las apariencias.

Reiko había creído que después de cinco años habría superado la traición de Damion, pero el solo hecho de recordarlo hacía que se sintiese como si le estuviesen clavando una daga en el corazón. Claro que... ¿cómo podría olvidarlo? Había visto a su abuelo marchitarse ante sus ojos por lo que Damion Fortier les había hecho.

–¿A qué diablos has venido? –le preguntó soltando su mano.

Aunque no le había invitado a pasar, Damion entró de todos modos y cerró la puerta tras él.

–No me diste la oportunidad de explicarte...

–¿Cuándo se supone que debería haber dejado que te explicaras? ¿Después de que tus guardaespaldas casi echaran abajo la cabaña de mi abuelo porque pensaron que te habían secuestrado? O, tal vez, después de que a tu jefe de seguridad se le escapara que no eras un simple empresario, sino Damion Fortier, un miembro de la nobleza francesa, y el hombre que estaba arruinando sin piedad a mi abuelo al tiempo que acostándose conmigo?

¡Qué ciega había estado! ¡Y qué estúpida había sido por confiar en él!

—Lo que ocurrió con tu abuelo no fueron más que negocios.

—¡No te atrevas a escudarte en los negocios! Le quitaste todo por lo que había trabajado, todo lo que le importaba. Y solo para engordar tu ya de por sí inflada cuenta bancaria.

Damion se encogió de hombros.

—Hizo un trato, Reiko. Y tomó unas cuantas decisiones muy desafortunadas que después intentó tapar. Por la amistad que tenía con mi abuelo, se le dio tiempo más que suficiente para solucionar el problema, pero no lo hizo, y si yo mantuve mi identidad en secreto fue porque no quería que los sentimientos complicasen las cosas.

—Por supuesto. Los sentimientos resultan de lo más inconvenientes cuando se trata de amasar dinero, ¿no es así? ¿Sabes que mi abuelo murió apenas un mes después de que lo dejaras en la más absoluta bancarrota?

A pesar de los años que habían pasado, ella todavía se sentía culpable por no haber sido capaz de ver lo que estaba pasando hasta que había sido demasiado tarde. Había estado demasiado embelesada por el encanto de Damion, había sido demasiado confiada, y lo había pagado muy caro.

Los ojos de Damion se oscurecieron y la asió por el brazo.

—Reiko...

—¿Te importaría ir al grano? —lo cortó ella—. Estoy segura de que no has estado persiguiéndome durante semanas solo para rememorar el pasado.

Un pasado que nunca habría imaginado que fuese a asaltarla incluso en sueños, bajo la forma de angustiosas pesadillas.

Damion entornó los ojos.

—¿Sabías que te estaba buscando?

Reiko forzó una sonrisa.

—Por supuesto. Los numeritos de esos tipos a los que mandaste detrás de mí me han divertido mucho. Estuvieron a un paso de darme alcance en un par de ocasiones; sobre todo en Honduras.

—¿Crees que esto es un juego?

A Reiko se le contrajo el corazón en el pecho.

—No tengo ni idea de qué va todo esto. Pero, cuanto antes me lo expliques, antes podrás salir de mi vida.

Damion pareció quedarse en blanco un instante, y sus ojos relampaguearon mientras escrutaban su rostro. Finalmente apretó los labios, como si quisiera contener las palabras que estaba a punto de pronunciar.

—Te necesito.

Reiko lo miró aturdida e hizo un esfuerzo por no tragar saliva, segura de que él deduciría de ese simple gesto lo nerviosa que estaba.

—¿Que tú... me necesitas?

De todos las situaciones posibles que había imagino ante un posible reencuentro con Damion, aquella ni siquiera se le había pasado por la cabeza. Al fin y al cabo, ¿qué podía querer de ella Damion Fortier, cuando la había utilizado y después se había deshecho de ella como si fuera un trapo?

Damion deslizó la mano por su brazo, haciendo que una ola de calor la invadiera, y entrelazó su mano con la de ella.

—Deja que lo exprese de otro modo —le dijo con aspereza—: necesito de tus conocimientos.

Eso iba más en la línea de lo que ella había esperado.

—Ten cuidado, Damion. Tu altivez no te hace precisamente simpático, y no creo que quieras irte de aquí pensando que has hecho el viaje desde París hasta el sur de Inglaterra en vano. Te ha llevado semanas encontrarme, así que lo menos que puedes hacer es comportarte de un modo civilizado conmigo, porque sino la próxima vez puede que no te resulte tan fácil encontrarme.

–Para que eso ocurra tendría que despistarme y perderte de vista, y no tengo intención de hacerlo. Y en cuanto a comportarme de un modo civilizado... tengo que admitir que de momento no ocupa precisamente el primer lugar en mi lista de prioridades.

La irritación de Reiko no lograba anular la sobrecarga sensorial que le provocaban su virilidad, su proximidad, el aroma de su loción de afeitado, el calor que desprendía su piel morena.

Intentó desesperadamente apartar de su mente el recuerdo de esa piel contra la suya, de lo mucho que le había gustado ponerse su camisa al levantarse por la mañana después de una noche de pasión, e inspirar su olor, impregnado en ella.

Una ráfaga de calor afloró en su vientre, y se expandió por todo su cuerpo, tentándola. Un ruido de cristales rotos le hizo dar un respingo. Damion enarcó una ceja.

–La gente del *catering* todavía está aquí. Dame un momento para decirles que pueden marcharse; luego podrás seguir amenazándome todo lo que quieras.

Damion entornó los ojos, suspicaz, pero la soltó. Reiko se dirigió a la cocina, y no la sorprendió que Damion la siguiera.

Le firmó un cheque al encargado, le dio las gracias, e hizo que él y el resto de empleados que la agencia de *catering* les había enviado recogiesen sus cosas y se marchasen por la puerta de atrás.

Luego volvió sobre sus pasos, seguida de nuevo por Damion, mientras se esforzaba por que no se le notara el dolor que tenía en las caderas y en la pelvis. Llevaba demasiado tiempo de pie, y los zapatos de tacón le resultaban muy incómodos desde el accidente.

Sin embargo, aunque estaba deseando subir a su dormitorio, hacer los dolorosos ejercicios de estiramiento que tenía que hacer cada noche, darse una ducha y meterse en la cama, todavía tenía que librarse de aquel hombre que la seguía como un peligroso animal selvático. Lo condujo al salón, caminando bien erguida, y se volvió hacia él.

–¿Y bien? ¿No vas a retomar esa imitación tan perfecta de un ogro con la que me estabas regalando hace un momento? –lo picó.

Damion esbozó una sonrisa triste.

–Querría volver a mi hotel de Londres esta noche, así que iré al grano. Mi abuelo se deshizo de tres cuadros hace cuatro años, poco después de que mi abuela muriera, y creo que sabes algo acerca de ellos.

El corazón de Reiko se contrajo.

–Tal vez.

Damion apretó la mandíbula, y dejó escapar un suspiro cansado.

–No juegues conmigo, Reiko. Sé que fuiste tú quien negoció la venta.

–¡Pero si jugar es lo que mejor se nos da, *Daniel!* –le contestó ella con retintín–, fingir ser una cosa cuando en realidad somos otra.

Damion se pasó una mano por el cabello.

–Mira, me sorprendió que tu abuelo no me reconociera y...

–Tenía la cabeza ocupada en otras cosas, como intentar evitar que se lo quitaras todo.

Damion asintió.

–Cuando me di cuenta, pensé que era mejor que no lo supiera.

–¿Y yo qué? Llevábamos juntos un mes y medio.

Tuviste tiempo de sobra para decirme la verdad y no lo hiciste.

Porque en realidad nunca le había importado, porque, según parecía, no se merecía que fuese sincero con ella a pesar de que habían estado acostándose.

—No dramatices lo que hubo entre nosotros, Reiko. Saliste de mi vida como quien se cambia de camisa. Claro que… tenías un incentivo, ¿no es cierto?

—Si te refieres al dinero...

—Al dinero y al hombre que me reemplazó cuando tu cama aún estaba caliente —le espetó él con los dientes apretados.

La vergüenza se abrió camino entre el oscuro pánico y los sentimientos encontrados que la invadían. De nada le serviría decirle que no tenía motivos para avergonzarse: se había defraudado a sí misma, y eso era otra cosa que sus demonios no le dejarían olvidar jamás.

Aun a varios pasos como estaban, podía sentir la ira y el desprecio de Damion, como si esas emociones negativas palpitasen en el ambiente.

—Bueno, y ahora que hemos revivido esos recuerdos tan entrañables, ¿qué tal si pasamos a otros asuntos? —le dijo él con sarcasmo—. He recuperado uno de los cuadros que vendió mi abuelo: *Femme de la voile*. Pero no he conseguido dar con los actuales propietarios de los otros dos: *Femme en mer* y *Femme sur plage*. Es imperativo que encuentre los dos, pero el que tengo más urgencia por recuperar es *Femme sur plage*.

Reiko parpadeó.

—¿Y también quieres recuperar *Femme en mer*? —murmuró—. Creía que...

—¿Qué creías?

Reiko había pensado que Damion querría el más grande y espectacular de esos tres cuadros, no el más pequeño, el que solo un puñado de gente había podido ver en sus cincuenta años de existencia.

–Es igual. ¿Por qué quieres recuperarlos?

Damion se metió una mano en el bolsillo del pantalón, y una expresión intrigante cruzó por su rostro.

–Eso no es asunto tuyo.

No sabía lo equivocado que estaba.

–Ya lo creo que sí. Lo quieres para exhibirlo en esa exposición privada en la galería de tu familia en París la semana que viene. Por eso te has pasado los últimos meses detrás de esos cuadros, ¿no?

Damion se quedó muy quieto.

–Solo seis personas saben lo de esa exposición, y ni siquiera he enviado aún las invitaciones. ¿Cómo has conseguido esa información?

Reiko se encogió de hombros.

–No tienes que preocuparte; no filtraré esa información a nadie ni revelaré mis fuentes. En mi profesión eso sería un suicidio.

–Pues será asesinato en primer grado si no me lo dices.

Reiko se quedó muy quieta, consciente de que si Damion dejaba caer un poco la mano izquierda notaría la cicatriz en su brazo.

–¿No sería una mancha en la historia de tu noble familia? Además, si me matas, nunca volverás a ver esos cuadros que tanto valor tienen para ti.

Damion frunció el ceño y la miró fijamente a los ojos.

–No recuerdo que hace cinco años fueras así de retorcida, ni que albergaras ese rencor. ¿Qué diablos te ha pasado?

Esa pregunta inesperada hizo que el pánico la invadiera de nuevo. Solo Trevor y su madre sabían qué le había ocurrido. Trevor jamás traicionaría la confianza que tenía en él, y su madre era demasiado egoísta como para preocuparse por su estado emocional.

Se liberó de un tirón, dando un paso atrás, y se esforzó por mantener la compostura.

–Ya no soy la chica inocente y crédula de hace cinco

años, Damion. Así que, si has venido aquí creyendo que iba a mover la cola como un perrito faldero que estaba esperándote ansioso, estás muy equivocado.

El ceñido quimono blanco con que iba ataviada Reiko resaltaba sus voluptuosos pechos, la estrecha cintura y las voluptuosas curvas de sus caderas. Llevaba el pelo de un modo distinto a como Damion recordaba, con un espeso flequillo que le caía sobre la sien, tapándole buena parte del lado derecho de la cara, mientras que el resto de la larga y oscura melena le caía sobre la espalda como un manto de terciopelo.

Se quedó mirando su rostro, más maquillado que antaño, con una mezcla de sorpresa e incredulidad. Bajó la vista a su boca, al pequeño lunar sobre el labio superior. No sabía si quería besarla o agarrarla por los hombros y zarandearla.

La Reiko a la que había conocido cinco años atrás habría advertido el efecto que estaba teniendo en él en ese momento. Le habría dirigido esa sonrisa seductora y desvergonzada, y habría procedido a tentarlo con su cuerpo, con la absoluta confianza en sí misma de cuál sería el resultado.

Aquella otra Reiko, en cambio, se quedó mirándolo fríamente, con una mirada hostil, como si estuviera contando los minutos que faltaban para que se marchase y lo perdiese de vista.

A Damion lo sorprendió la sensación de vacío que le provocó esa mirada.

—Nunca te compararía con un perrito faldero. Más bien con un felino de excepcional astucia. Y, sabiendo lo que sé de los oscuros tratos que haces para vender y conseguir obras de arte, sospecho que es una cualidad muy útil en tu profesión.

—Mi trabajo no tiene nada de deshonesto.

—¿Ah, no? ¿Y qué me dices de tu inclinación a comerciar con obras de arte robadas? Obras de arte que desaparecen antes de que se notifique a la policía de su paradero.

Reiko arrugó la nariz.

–No deberías creerte todo lo que lees.

–Vas a encontrar esos cuadros para mí –le dijo Damion.

Los ojos verdes de Reiko relampaguearon.

–Me das órdenes como si fuera de tu propiedad. Y no es así, así que cambia esa actitud.

Damion esbozó una leve sonrisa.

–Me parece que hay algo que no comprendes, *ma belle* –le dijo suavizando su tono–. Me da la impresión de que crees que estás en posición de negociar conmigo. Pues entérate: o me ayudas a encontrar esos cuadros, o le entregaré a la Interpol un extenso dossier que tengo sobre ti con una gran cantidad de datos... interesantes. Y dejaré que sean ellos quienes decidan qué hacer contigo. En cuanto al dueño de esta casa...

Reiko palideció ligeramente.

–¿Qué pasa con Trevor?

–La semana pasada contacté con él, y a pesar de que me mintió diciendo que desconocía tu paradero cuando estaba escondiéndote, estoy dispuesto a dejar pasar esa afrenta si me ayudas.

–¿Y si no lo hago?

–Puedo hacerle la vida muy difícil si no cooperas. Y teniendo en cuenta el estado de sus finanzas... –se encogió de hombros y dejó la frase en el aire.

Reiko palideció aún más.

–Se enfrentará a ti; los dos lo haremos.

–¿Ah, sí? ¿Y cómo, si se puede saber? Está prácticamente arruinado, y tú liquidaste recientemente el noventa por ciento de tus activos. No sé por qué, pero supongo que es cuestión de tiempo que averigüe el motivo.

–¿Cómo sabes que...? –haciendo un esfuerzo por controlar sus emociones, Reiko dio un paso atrás y le dijo–: No imaginaba que fueras capaz de recurrir al chantaje para conseguir tus propósitos.

–Y yo jamás habría pensado que serías capaz de irte con otro solo tres semanas después de abandonar mi cama. Dejémoslo en que los dos nos sentimos profundamente decepcionados el uno con el otro, *chérie*, y vayamos a lo que nos ocupa –le dijo en un tono gélido–. Y, para que veas que soy generoso, incluso te pagaré bien: dos millones de dólares por encontrar los dos cuadros.

Reiko se quedó boquiabierta ante aquella cifra astronómica, y una sonrisa burlona afloró a los labios de él.

–Imaginaba que con eso despertaría tu interés. Escucha a tus instintos: acepta el trato que te estoy proponiendo.

Damion la estaba poniendo entre la espada y la pared: podía negarse, o podía aceptar ese dinero. Con todo ese dinero podrían hacerse muchas cosas; cambiar la vida de muchas personas.

–Lo haré; por los dos millones. Pero quiero algo más.

Damion la miró con desprecio.

–Era de esperar. ¿Qué es lo que quieres?

–Que me invites a tu exposición privada.

–*Non* –se negó él de inmediato.

Reiko apretó los labios.

–De modo que mi talento es lo bastante bueno como para buscar esos cuadros... pero no para codearme con la gente de tu círculo, ¿no es así?

–Exacto –respondió él sin parpadear.

A Reiko le resbaló aquel insulto. Mientras Damion se dejara engañar, como el resto de la gente, no vería sus cicatrices, no vería el dolor que había en su alma, el miedo constante, la oscuridad contra la que batallaba cada día y que se esforzaba por ocultar.

–Si quieres que encuentre pronto esos cuadros, no deberías negarme lo que te estoy pidiendo.

Aquello también le daría la oportunidad de encontrar

la última estatua japonesa de jade que había estado intentando recuperar. Las indagaciones que había estado haciendo esa semana apuntaban a un eminente político francés que asistiría a la exposición privada de Damion.

Como este se mantuvo impasible, cambió de táctica.

—Tu lista de invitados para esa exposición es el sueño de cualquier entendido en arte. Dudo que tenga otra oportunidad como esta de mezclarme con gente tan influyente en ese mundo, o de ver la famosa colección *Ingénue* de Saint Valoire.

—Yo no describiría como un sueño tenerte en mi exposición. De hecho, más bien diría que sería como una pesadilla.

A pesar de que sabía que no la creería, Reiko le dijo:

—No soy una ladrona. Invítame a tu exposición privada. ¿Quién sabe?, a lo mejor se me pega algo de tus selectos invitados y me transformo en una ciudadana modelo.

Damion entornó los ojos, y Reiko contuvo el aliento al tiempo que se mordía la lengua para no decir nada más. A veces el silencio era la mejor arma.

—A mí eso me da igual. Tienes que darme tu palabra de que usarás todos los medios a tu alcance para encontrar esos cuadros.

La expresión grave y el tono casi desgarrado de Damion hicieron que Reiko alzase la vista hacia él. Vio en sus ojos una emoción a la que no supo poner nombre, y, por un instante, casi olvidó todo lo que sabía sobre aquel hombre y estuvo a punto de creer que aquellos cuadros de verdad significaban algo para él. Sin embargo, eso era imposible. Damion Fortier era un bastardo sin corazón; lo que no le diera dinero no era más que sentimentalismo, no era más que problemas.

Su linaje sería de la sangre más pura, pero él era un canalla que en los últimos cinco años había dejado a su paso un reguero de corazones rotos, y que pagaba el silencio de esas mujeres despechadas con un carísimo regalo de despedida. Y, en cuanto a su relación con Isadora Baptiste, con la que había estado un año entero...

–¿Por qué estás tan interesado en esos cuadros? –le preguntó.

Durante unos minutos, él permaneció callado y Reiko pensó que no iba a contestar. Una expresión de dolor asomó a su mirada, y a ella se le cortó el aliento al verlo. El dolor era una emoción con la que estaba familiarizada, al igual que la culpa. De pronto, la asaltó la necesidad de saber, y con el corazón martilleándole contra las costillas, le preguntó de nuevo:

–¿Por qué, Damion?

–Quiero... Necesito recuperarlos. Mi abuelo se está muriendo. Los médicos le han dado menos de dos meses de vida. Tengo que encontrar esos cuadros; si estoy haciendo esto, es por él.

Capítulo 2

A PESAR del daño que Sylvain Fortier, el abuelo de Damion, le había hecho indirectamente al suyo, a Reiko se le hizo un nudo en la garganta al advertir el dolor desgarrado que se traslucía en las palabras de Damion. Tragó saliva, y aunque trató de luchar contra el impulso de ofrecerle consuelo, las palabras abandonaron sus labios antes de que pudiera detenerlas.

–Siento que... –se quedó callada. ¿Qué podía decir en una situación como esa?

Cuando Sylvain Fortier se había puesto en contacto con ella hacía cuatro años para que negociara la venta de esos cuadros, había sabido lo que significaban para él porque su propio abuelo le había contado la historia que había tras ellos. Su primer impulso había sido rechazar el encargo, pero se había querido convencer de que había superado la traición de Damion, de que aquello solo era un trabajo más. Sin embargo, en ese momento, mirando a Damion, se preguntó si no se habría buscado ella misma aquello sin pretenderlo. No quería ni pensar en cómo reaccionaría cuando descubriera lo que había hecho con uno de sus cuadros.

–Damion, tengo que...

Reiko oyó pasos y el corazón le dio un vuelco. Segundos después, entraba Trevor en el salón.

–Cariño, ¿qué ocurre? Creía haber oído marcharse a los invitados hace un... –al ver a Damion, Trevor se paró en seco y se sacó las manos de los bolsillos de la bata–. ¿Qué haces aquí, Fortier? –le preguntó apretando los puños.

Damion lo miró con altivez.

–Esto no va contigo, Ashton. Y la próxima vez piénsalo mejor antes de mentirme.

–Deberías haberme avisado en cuanto llegó –le dijo Trevor a Reiko–. Después de lo que te hizo...

–No quería preocuparte –lo interrumpió ella yendo junto a él.

Sabía que estaba intentando protegerla. Seguía ejerciendo su papel de tutor aunque le había dicho muchas veces que a sus veintisiete años sabía cuidar de sí misma. Sin embargo, comprendía que, sabiendo por lo que había pasado, siguiese comportándose de ese modo protector con ella.

–Está todo bajo control; de verdad –le dijo poniéndole una mano en el brazo.

Al ver aquel gesto, las facciones de Damion se tensaron.

–Esta es una conversación privada, Ashton, y nos has interrumpido.

Trevor dio un paso adelante, pero Reiko lo agarró por el brazo para detenerlo y le dijo con un suspiro:

–Déjalo, Trevor; se irá enseguida.

Como temía que Trevor le revelase algo a Damion, lo sacó del salón.

–Vamos, te ayudaré a subir las escaleras –le dijo.

Damion los siguió y, cuando estaban subiendo el primer escalón, Reiko lo vio sacar el teléfono móvil.

–¿Debería preguntar a quién vas a llamar? ¿Tal vez a tu verdugo particular? ¿Vas a hacer que nos corte la cabeza?

A pesar de su tono sarcástico, a Damion no le pasó desapercibida la preocupación en su mirada.

–Iba a hacer que te enviaran una lista de mis invitados para la exposición, pero, si lo prefieres, puedo preparar la guillotina –respondió él enarcando las cejas.

Damion vio cómo las facciones de Reiko se relajaban de alivio antes de que pudiera disimularlo. Sin embargo, la rapidez con que recobró la compostura lo sorprendió. La Reiko a la que él conocía había sido siempre como un libro abierto, despreocupada... Corrección: la Reiko a la que había creído conocer.

Apretó la mandíbula al ver a Ashton apoyarse en ella para seguir subiendo. Por la familiaridad que parecía haber entre ellos, era obvio que había algo entre los dos.

Él no era de los hombres que necesitaban tener a una mujer a su lado, pero en ese momento tuvo que admitir para sus adentros que no le gustaba que lo ignorasen. De hecho, lo detestaba. Quería gruñir, gritar para que Reiko dejase de prestar atención a aquel tipo, pero en vez de eso apretó los dientes y los siguió con la mirada mientras subían al piso de arriba hasta que desaparecieron.

Pasó varios minutos esperando, y se pasó una mano por el cabello, impaciente. Cuando ya estaba planteándose subir a por ella, Reiko reapareció sola en el rellano superior.

–¿Y ahora qué? –le preguntó Reiko.

–Baja.

Damion se metió las manos en los bolsillos. Reiko estaba ya solo a unos escalones del rellano inferior cuando se dio cuenta de que iba descalza. Las uñas de sus pequeños y delicados pies, pintadas de color melocotón, chocaban con el sobrecargado maquillaje que llevaba.

–¿Te acuestas con Ashton?

La pregunta se le había escapado antes de que pudiera frenar su lengua. Ella lo miró sorprendida, y el aire pareció cargarse de electricidad estática.

–Eso no es asunto tuyo.

–No quiero que interfiera cuando empieces a buscar los cuadros.

–No lo hará –replicó ella bajando los últimos escalones.

–Bien. Dame tu número de móvil.

–¿Por qué?

–Para que pueda enviarte la lista con los nombres de los invitados que vendrán a mi exposición. Y estate preparada para venir a París conmigo cuando vuelva por la mañana.

–¿No te preocupa que me esfume en cuanto salgas por la puerta? –le dijo ella burlona.

–No, porque me has revelado otro punto débil que tienes.

Los ojos verdes de Reiko permanecieron inescrutables.

–Adelante, ilústrame.

–Aparte del dinero, es evidente que Ashton te importa. Estoy seguro de que harías cualquier cosa para evitar que lo lleven a la cárcel cuando le reclame las deudas que tiene conmigo.

La ira tiñó las mejillas de Reiko.

–Cuidado, Damion. Eso podría ensuciar el buen nombre de tu noble familia.

Damion se rio. Estaba disfrutando poniendo a Reiko contra la pared.

–Tú juegas sucio, así que yo también lo haré. Dame tu número de teléfono.

Reiko se lo recitó de mala gana, y él lo tecleó en su teléfono y pulsó Enviar.

–Ya tienes la lista de invitados, y dejaré que vayas a la exposición, pero si intentas engañarme de algún modo...

–Tienes mi palabra de que eso no pasará –lo cortó ella levantando la mano para prometérselo.

Aquel movimiento hizo que las anchas mangas cayeran un poco, dejando entrever a Damion las quemaduras en su antebrazo. Cuando se dio cuenta, un gemido ahogado escapó de los labios de Reiko, que se apresuró a bajar la mano para tapar el brazo de nuevo con la manga y se giró, quedándose de espaldas a él.

Perplejo por su comportamiento, Damion dio un paso hacia ella.

—Reiko...

—Antes no he podido decírtelo porque apareció Trevor.

—¿El qué?

—Que solo tendré que buscar *Femme sur plage*.

Un escalofrío recorrió la espalda de Damion, que se obligó finalmente a preguntarle:

—¿Por qué?

—Porque ya sé dónde está *Femme en mer*.

—¿Dónde?

—En un almacén de Londres.

—¿Y a quién pertenece ahora el cuadro?

—A mí.

Capítulo 3

REIKO estaba volviendo a tener la misma pesadilla. Estaba riéndose y tirando a su padre de la mano, diciéndole que no tenía por qué preocuparse, que, aunque el tren iba muy lleno, aún había sitio. Le insistía en que no, que no quería esperar al siguiente. La preocupación mal disimulada de su padre... Su cálido abrazo... Sus fuertes brazos en torno a ella... Y luego nada, solo un pesado manto de oscuridad. Y después gritos, unos horribles gritos desgarradores, y una auténtica carnicería a su alrededor. La mano de su padre, que sujetaba la suya, de pronto se ponía fría...

Pero esa vez, en aquella pesadilla recurrente, se intercalaban otras imágenes. En medio del horrible caos, de pronto se veía bailando con Damion. Y no cualquier baile, sino un tango. ¡Un tango!

Se despertó con la mente plagada de vívidas imágenes de trenes destrozados, cuerpos mutilados... y el surrealista contraste de esas otras imágenes de Damion bailando el tango con ella; las largas y musculosas piernas de Damion moviéndose al compás con las suyas, mientras la guiaba con exquisita maestría. Ella llevaba un vestido rojo, muy corto, y unos zapatos de tacón también rojos. En su sueño ni siquiera había importado la diferencia de estatura entre ellos; se habían compenetrado a la perfección. Y cuando un movimiento concreto no había sido posible, Damion la había levantado, sujetándola contra su viril cuerpo, y habían continuado bailando. El aliento de ambos se había mezclado, sus movimientos se habían vuelto cada vez más rápidos, más sensuales, más intensos... ¡Por amor de Dios!, ¿en qué estaba pensando?, se reprendió.

Apartó las sábanas y se fue al cuarto de baño a darse una ducha. Tenía poco más de una hora para prepararse antes de que llegara Damion. Cuando le había revelado que uno de los cuadros era ahora de su propiedad, sus facciones se habían tensado de ira, pero para su sorpresa había hecho gala de un férreo control sobre sí mismo, y después de asentir y repetirle a qué hora pasaría a buscarla a la mañana siguiente, se había marchado.

Después de ducharse, escogió de su armario lo que iba a ponerse: un traje negro de chaqueta y pantalón, y una blusa de seda blanca. Ese atuendo austero le daría la imagen seria que quería proyectar, y la cubriría convenientemente desde el cuello hasta los tobillos.

Si pudiera, se habría recogido el pelo en un moño bien tirante para subrayar esa imagen, pero, si lo hacía, dejaría al descubierto las cicatrices del cuello. Se maquilló, ocultó con el flequillo la cicatriz que iba desde la sien hasta la oreja, y se calzó unos zapatos de tacón. Seguramente no era una buena idea después de lo dolorida que había acabado la noche anterior, pero de ningún modo iba a ponerse en desventaja frente a Damion con unos zapatos planos.

Pagaría el precio más tarde, con las dolorosas técnicas de estiramiento que había aprendido, pero merecería la pena con tal de que Damion no pudiese mirarla por encima del hombro.

Una media hora después, mientras esperaba a Damion en el porche con Trevor, este le dijo preocupado:

—No entiendo por qué haces esto, Reiko.

No podía decirle la verdad.

—Porque Damion va a pagarme una cantidad indecente de dinero —bromeó, esbozando una sonrisa.

Trevor frunció el ceño.

—Nunca has hecho nada por dinero.

Ella se puso seria.

–Sylvain Fortier se está muriendo, y Damion me ha pedido que le ayude a encontrar un cuadro que es muy importante para su abuelo.

Una verdad a medias era mejor que nada. Trevor apretó los labios.

–¡Pero eso es el colmo, Reiko! Después de lo que le hicieron a tu abuelo, de lo que te hicieron a ti... ¡No tienen derecho!

Reiko sintió una punzada en el pecho, pero se obligó a esbozar una sonrisa y le dijo:

–Eso ya pertenece al pasado; lo he superado. Además, lo que he dicho antes iba en serio: es verdad que me va a pagar un montón de dinero. Ese dinero te ayudará a...

Trevor sacudió la cabeza.

–Ya saldré a flote de mis problemas financieros yo solo.

–Tonterías; te ocupaste de mí cuando te necesitaba. Ahora me toca a mí.

Las arrugas de preocupación en la frente de Trevor se suavizaron pero no desaparecieron.

–¿Has podido dormir algo? –le preguntó.

Ella se encogió de hombros.

–Un poco. No te preocupes por mí, Trevor; es una orden.

Trevor se rio, y la preocupación dio paso al alegre hombre de cincuenta y cinco años que era a pesar de su cabello canoso. Iba a decir algo, pero lo interrumpió el ruido de un coche acercándose.

El corazón de Reiko empezó a latir a toda prisa al ver el deportivo negro que acababa de cruzar la verja de entrada. A pesar del grueso cristal del parabrisas, cuando sus ojos se encontraron, Reiko pudo sentir el fuerte magnetismo de Damion, como si se produjera en su interior una descarga eléctrica.

Sin apartar la vista de ella, Damion detuvo el coche, apagó el motor y se bajó. Mientras lo observaba subiendo los escalones, Reiko no pudo evitar recordar cómo esas largas piernas la habían rodeado en la cama, cinco años atrás, y el sueño que había tenido esa noche, en el que habían bailado juntos.

Apretó los labios y se tiró de las mangas de la chaqueta.

—Buenos días —lo saludó—. Espero que hoy estés de mejor humor que ayer.

—Cuando menos es un buen comienzo ver que no has huido en mitad de la noche —Damion la miró de arriba abajo—. ¿Por qué te has vestido así?

—¿Así cómo?

—Como si fueras a un funeral de estado.

A pesa de sentirse incómoda por el modo en que la estaba escrutando, se encogió de hombros y le respondió:

—Estamos en Inglaterra, Damion. El tiempo cambia con facilidad y no me gusta pasar frío.

Simpson, el mayordomo, salió en ese momento con su maleta, y aunque Reiko se acercó a por ella, Damion llegó antes. Cuando sus dedos se rozaron, el corazón de Reiko palpitó con fuerza, pero él permaneció indiferente.

Al ver que el mayordomo volvía a entrar en la casa, frunció el ceño y le preguntó a Reiko señalando la maleta:

—¿Esto es todo lo que vas a llevar?

—Me gusta viajar ligera de equipaje.

Los labios de Damion se curvaron ligeramente con una sonrisa sarcástica.

—Ya veo. Supongo que en tu profesión debe ser necesario.

Reiko tuvo que hacer un esfuerzo por controlarse.

—Si no te importa, preferiría que dejaras los insultos para más tarde, cuando haya hecho la digestión del desayuno. Y, ahora, ¿me permites un minuto para despedirme?

Damion miró con frialdad a Trevor.

–Que sea rápido; no tenemos todo el día.

Mientras Damion iba al coche a meter su maleta en el maletero, Reiko se acercó a Trevor, lo besó en la mejilla y le acarició la barba.

–Sé que ahora mismo, si pudieras, le darías un puñetazo a Damion, pero intenta ignorarlo, ¿de acuerdo? –le dijo.

Trevor torció el gesto.

–Haría más que darle un puñetazo, pero no tengo más remedio que confiar en que sabes lo que estás haciendo.

Reiko le sonrió y bajó los escalones. Damion estaba esperándola junto al coche, impasible, sosteniéndole la puerta del asiento del copiloto para que entrara. Cuando hubo subido al deportivo, Damion cerró sin la menor delicadeza, haciéndole dar un respingo, pero Reiko mantuvo la sonrisa para no preocupar a Trevor.

En cuanto Damion se sentó al volante y cerró su puerta, Reiko sintió que le costaba respirar. El espacio parecía haber encogido de repente, y la mezcla del olor de la colonia de Damion y del cuero de los asientos resultaba embriagadora.

Apenas había acabado de abrocharse el cinturón cuando él puso el coche en marcha.

–¿Eres consciente de que no podrás volver aquí hasta que encuentres ese cuadro?

Reiko frunció el ceño.

–Si lo dices por el tamaño de mi maleta, no me he traído una más grande porque no quería preocupar a Trevor.

Damion apretó los labios.

–¿Sabe lo que hubo entre nosotros?

–¿Qué es exactamente lo que crees que hubo entre nosotros? –le espetó ella desafiante.

Damion la miró irritado.

–¿Ashton es el único hombre con el que te acuestas, o tenéis una de esas relaciones abiertas?

–Nuestra relación se basa en la sinceridad y la confianza. Es más de lo que puedo decir de lo que tuvimos tú y yo –le espetó ella–. Y, además, mi relación con Trevor no es asunto tuyo.

En cuanto a otras relaciones... la sola idea hizo que se le escapara una risa amarga.

Damion le lanzó una mirada furibunda.

–¿Acaso te parece gracioso? –le dijo en un tono gélido.

–¿Gracioso? No. ¿Inapropiado? Desde luego. Con quien me acueste o deje de acostarme no tiene nada que ver con el trabajo que voy a hacer para ti. Así que sugiero que cambiemos de tema antes de que uno de los dos saque al otro de sus casillas.

Damion apretó los labios.

–Estoy de acuerdo; este no es un tema que me resulte agradable. ¿Por qué compraste *Femme en mer*?

El corazón le dio un vuelco a Reiko.

–Porque era una buena inversión y en aquel momento tenía dinero para comprarlo.

Damion la miró brevemente antes de salir a la autopista.

–¿Es esa la única razón?

Nerviosa, Reiko se humedeció los labios.

–¿Qué otra razón podría haber?

Damion entornó los ojos.

–¿Alguna razón sentimental, tal vez?

–¿Sentimental? ¿No estarás sugiriendo que lo hice por ti? –le contestó ella, esforzándose por inyectar en su voz el mayor cinismo posible.

–Sé que el tiempo que estuvimos juntos significó algo para ti. Si no, anoche no te habrías molestado como te molestaste.

–Vaya... Eres un pelín presuntuoso, ¿eh? –Reiko no sabía por qué estaba provocándole, pero no podía evitarlo–. Pues para que lo sepas, no me costó nada olvidarte y pasar página.

Damion apretó el volante con tal fuerza que los nudillos se le pusieron blancos.

–*Oui*, lo recuerdo –contestó con aspereza. Se quedó callado un buen rato antes de añadir–: Bueno, ¿y quién era él?

Una sensación de vergüenza invadió a Reiko, que giró la cabeza hacia la ventanilla. No tenía intención de desvelarle la verdad de lo que había ocurrido en las semanas posteriores a su marcha. No se enorgullecía de aquello, y tenía intención de mantenerlo enterrado junto con el resto de sus secretos.

–Nadie que tú conozcas. Si de verdad quieres saber la razón por la que compré el cuadro, fue porque mi abuelo me contó su historia y me intrigaba. Pero estoy dispuesta a desprenderme de él a cambio de un precio justo.

Damion cambió de carril para adelantar al vehículo que iba delante de ellos.

–¿Qué sabes exactamente del cuadro?

–Sé que tu abuelo y el mío conocieron a tu abuela al mismo tiempo, pero fue el tuyo quien se quedó con la chica y tuvo la ocasión de pintarla. Mi abuelo perdió porque, de los dos, era tu abuelo quien tenía más dinero y poder en ese triángulo amoroso. Y sé que siguieron siendo amigos aun en la distancia y socios en los negocios hasta que vosotros, los Fortier, decidisteis que, al lado del dinero, lo que hasta entonces habían compartido nuestras familias no significaba nada. Una bonita historia, ¿no? ¡Y por amor de Dios, ve un poco más despacio! Querría llegar de una pieza a nuestro destino.

Reiko suspiró aliviada cuando Damion aminoró la velocidad. Este frunció el ceño y resopló irritado.

–«Bonita» es la última palabra que utilizaría para describir la historia de esos cuadros.

–Estaba siendo sarcástica. Te aseguro que no hay nada de bonito en ver a alguien a quien quieres perderlo todo. Ni tampoco en que te tomen por idiota. Así que, a menos que quieras que hablemos de eso, sugiero que dejemos el tema.

Impasible, Damion se encogió de hombros e hicieron el resto del viaje a Londres en silencio.

Cuando llegaron al almacén, Reiko se identificó y un empleado los condujo a la sección en la que estaba guardado el cuadro. Damion y Reiko esperaron mientras el hombre lo sacaba y retiraba el envoltorio que lo protegía.

La pintura representaba a una mujer vestida con un escueto biquini a la orilla del mar, metida en el agua hasta la cintura y con la espuma de las olas a su alrededor. Su cabello castaño, agitado por el viento, brillaba de tal modo con la luz del sol que hacía que a uno le entrasen ganas de tocarlo. La mujer estaba riéndose, con el rostro de perfil. Era un rostro deslumbrante, de exquisitas facciones, y alrededor del cuello llevaba un fino pañuelo blanco que ondeaba al viento, dándole un toque de inocencia a la pintura.

El cuadro parecía que tuviese vida propia. Aunque habían pasado ya más de cincuenta años desde que fuera pintado, los colores aún vibraban y exudaba pasión. Era una auténtica obra de arte.

—Tu abuela era una mujer muy hermosa —murmuró Reiko, admirando el retrato de Gabrielle Fortier.

—*Oui*, lo era.

Damion había respondido con convicción, pero en su tono no se apreciaba afecto ni calidez alguna, y al mirarlo vio que tenía la misma expresión inmutable. Sin embargo, la curiosidad le hizo añadir:

—Mi abuelo me dijo que cuando solo llevaba un par de semestres en la Sorbona ya tenía a todos los estudiantes a sus pies.

La sonrisa que esbozó Damion no suavizó la dura expresión de sus facciones.

–No tengo la menor duda. Así es como le gustaba a mi abuela tener a los hombres: a sus pies, como felpudos.

Cuando Reiko gimió espantada por sus palabras, Damion enarcó una ceja.

–¿Te sorprende oír eso? Es la verdad. ¿O acaso creías que iba a deshacerme en halagos hacia mi abuela cuando no hay de dónde sacarlos?

–¿Halagos? Supongo que no, sobre todo teniendo en cuenta que no te van los sentimentalismos. Pero... ¿no te parece un poco duro hablar así de tu propia abuela?

–Tú no sabes nada de mi vida.

Reiko sintió una punzada en el pecho.

–Por supuesto que no. Damion Fortier es un extraño para mí. El hombre con el que estuve durante un mes y medio hace cinco años se llamaba Daniel Fortman. Pero yo no hablaría de un miembro de mi familia en los términos en que tú acabas de hacerlo. Sobre todo cuando tu familia siempre ha hecho todo lo posible por proyectar una imagen impoluta.

–Nadie es perfecto. Y si te oculté mi identidad fue simplemente para evitar situaciones como esta.

–¿A qué te refieres?

Damion la señaló con un ademán.

–A que te hagas la ofendida. A que pretendas hacerme creer que lo que hice te causó un daño irreparable. Los dos sabemos que te olvidaste de mí muy pronto; ¿no es verdad? –la acusó.

Reiko sintió que le ardían las mejillas, pero se negó a apartar la vista.

–No tienes derecho a mirarme con ese desprecio cuando me mentiste durante el tiempo que estuvimos juntos. Y me da igual cuáles fueran tus razones. Confié en ti hasta el punto de entregarme a ti. Pero tú nunca sentiste nada por mí, y me enviaste un cheque de un millón de dólares para acallar tu conciencia. ¿Y ahora te sientes decepcionado de que lo aceptase? Porque si ese dinero era una especie de prueba que se suponía que tenía que pasar para ser digna de ti, que te zurzan, Damion. Me alegro de no haberla pasado y... –Reiko se mordió el labio inferior para poner freno a sus palabras.

Lo último que quería era que Damion supiera lo destrozada que se había quedado cuando había recibido ese dinero tras la muerte de su abuelo en lugar de una explicación. Sí, debería haber roto el cheque en mil pedazos, pero en vez de eso había disfrutado entregándole hasta el último centavo a una asociación benéfica.

–Lo siento.

Aquellas palabras la arrancaron de sus pensamientos, y cuando miró a Damion le dio la impresión de que parecía algo aturdido, e incluso sorprendido, como si no se hubiese esperado su reacción.

–¿Qué has dicho?

Las facciones de Damion permanecieron tensas.

–Quizá podría haber resuelto esa situación de otra manera.

–No me digas, Sherlock.

–Y lo siento.

Aunque estaba disculpándose, el desprecio permaneció en sus ojos, y de pronto Reiko se dio cuenta de lo que realmente le molestaba.

–No es por el dinero, ¿verdad?

–¿A qué te refieres?

–Acabas de disculparte, pero sigues mirándome como si fuera escoria. Pero no es porque aceptara el dinero, ¿no? Es porque creíste que estaba...

–Preferiría que no hablásemos de eso –la cortó Damion.

Le hizo un gesto con la cabeza al empleado, que había estado escuchando absorto su conversación, y el joven se acercó con el cajón de madera del que había sacado el cuadro.

–Por mí no hay problema –le aseguró ella.

Ceñudo y con la mandíbula apretada, Damion embaló de nuevo el cuadro él mismo. La eficiencia y la delicadeza con que trataba el cuadro evidenciaban los años de experiencia que tenía en el negocio del arte.

La casa de subastas Saint Valoire se remontaba a principios del siglo XIX, pero había sido Damion quien había abierto la mundialmente famosa Galería Fortier.

Hacía dos meses, por ejemplo, la Galería Fortier había albergado la primera exposición de doce deslumbrantes muñecas rusas con incrustaciones de diamantes y esmeraldas.

–¿Llegaste a averiguar a quién habían pertenecido esas muñecas rusas? –le preguntó Reiko, solo por llevar la conversación a un terreno neutral.

Damion, que seguía envolviendo el cuadro, se detuvo un momento y apartó los ojos de él para mirarla con frialdad.

–Sí –contestó, y continuó envolviendo el cuadro.

–¿Y? ¿No vas a decirme quién era?

–No, no voy a hacerlo. Además, ¿qué interés tienes?

Reiko se encogió de hombros.

–Puede que tenga a un comprador que estaría interesado en adquirir toda la colección.

–Sin duda un comprador anónimo que prefiere mantenerse oculto en las sombras –contestó Damion cerrando la caja del cuadro–. ¿No es así?

–Naturalmente.

–Pues utiliza los cauces apropiados y mi gente te proporcionará los datos de la persona a la que pertenecen –Damion levantó la caja, le dio las gracias al empleado y se dirigió a la salida.

Reiko lo siguió, y llegó al coche justo cuando Damion estaba metiendo la caja en el maletero. Lo cerró y se volvió hacia ella.

–¿Te has planteado alguna vez volver al camino recto? ¿Abandonar ese mundo sórdido del mercado negro para utilizar tu talento de un modo legítimo?

–El camino recto es aburrido, y me gusta lo que hago.

–A los asesinos en serie también les gusta lo que hacen, pero al final acaban pillándolos.

Reiko no pudo evitar echarse a reír.

–¿Acabas de compararme con un asesino en serie? Creía que se suponía que los franceses erais gente encantadora.

Una sonrisa burlona asomó a los labios de Damion. En ese momento se levantó una ligera brisa, y ella, temerosa de que expusiera la cicatriz de su rostro, se apresuró a llevarse una mano al flequillo para asegurarse de que no se movía.

Al ver a Damion fruncir el ceño, Reiko sintió una punzada de ansiedad. ¿Qué pensaría si viera sus cicatrices? ¿Le repugnarían y sentiría lástima de ella? ¿O haría como si no las hubiera visto?

Damion abrió la boca, y temiendo que fuera a preguntarle qué estaba ocultándole, a pesar de los nervios, mantuvo la sonrisa en los labios y le dijo:

–No deberíamos entretenernos; tenemos un avión que tomar.

Por el brillo en los ojos grises de Damion, dedujo que sospechaba algo, pero por suerte no dijo nada.

Capítulo 4

EN CUANTO hubieron aterrizado en el aeropuerto parisino de Orly y el avión estuvo dentro de su hangar, Reiko se levantó como un resorte de su asiento. Damion, que se había pasado todo el vuelo hablando por teléfono, colgó y alzó la vista hacia ella, como sorprendido.

Reiko ignoró su reacción. Ella también tenía llamadas que hacer, gente con la que ponerse en contacto para poder hallar alguna pista sobre el paradero de *Femme sur plage*. Cuatro años de crisis económica eran mucho tiempo para que un cuadro permaneciese en las mismas manos; sobre todo un cuadro tan valioso como aquel.

Si Damion, que tenía recursos ilimitados y excelentes contactos, no había sido capaz de localizarlo, ella iba a tener que emplearse a fondo. Quería acabar con aquello cuanto antes para poder alejarse de él y volver a su vida.

Sacó del bolso un bolígrafo y una libreta, garabateó una dirección y después de arrancar la hoja se la tendió a Damion.

—Si necesitas ponerte en contacto conmigo, ahí es donde me alojaré. Si no, nos veremos en la exposición el viernes por la noche.

Damion miró la hoja pero no hizo ademán alguno de tomarla.

—¿Ahí es donde te alojas cuando vienes a París?

—Déjame adivinar: tú no pondrías un pie en ese barrio.

—*Oui*, así es. Y tampoco lo harás tú.

–Siempre me alojo ahí. Me gusta el ambiente bohemio de esa zona. Deberías darle una oportunidad algún día. A lo mejor te gusta.

–Lo creas o no, ya he estado, y sí que me gusta. Viví allí en mis años de universitario –al ver que Reiko se había quedado boquiabierta, Damion sonrió–. Pero eso fue antes de que cayera bajo el dominio de los narcotraficantes y las bandas callejeras. ¿Cuándo fue la última vez que estuviste allí?

Reiko sintió una punzada en el pecho al recordar la última vez que había visitado París.

–Hace tres años.

Damion entornó los ojos.

–¿Estabas sola?

–No.

Su padre había ido con ella y lo habían pasado maravillosamente bien. Volver al lugar donde se habían alojado sería muy doloroso, pero su psicoterapeuta le había dicho que tenía que enfrentarse a sus demonios.

Damion se levantó también de su asiento.

–Bueno, pues no vas a ir allí. No voy a permitir que pongas en peligro nuestro acuerdo solo porque te apetece sentirte bohemia.

–¿Necesitas que te recuerde que no eres mi jefe?

–Mira por la ventanilla –se limitó a responder él.

–¿Para qué? –Reiko giró la cabeza con el corazón martilleándole contra las costillas. Por un momento, pensó que iba a encontrarse con el avión rodeado por la policía, pero lo único que vio fue un flamante deportivo y a un agente de inmigración esperando para revisar su documentación. Respiró aliviada–. ¿Qué se supone que tengo que ver?

–No eres ciudadana francesa, lo que significa que necesitas una licencia especial o un certificado de nacionalidad para poder introducir una obra de arte en el país. *Femme en mer* todavía es de tu propiedad, así que, a menos que yo responda por ti, o diga que el cuadro es mío, la policía tendrá que intervenir. Por mi parte no hay problema, pero no sé si tú...

–¡Está bien, lo haremos a tu manera! –lo cortó ella, y apretó los dientes con irritación al ver la sonrisa engreída que asomó a sus labios–. ¿Te he dicho ya que eres un bastardo sin corazón?

–No, pero acabas de decirlo.

–Y me alegro de haberlo dicho, porque lo eres.

A pesar del tono mordaz que había empleado, la verdad era que el pánico estaba empezando a apoderarse de ella. No había duda de que Damion quería mantenerla cerca para poder controlarla, y si tenía que alojarse en su casa, podría oírla gritar por la noche, cuando tuviera una de sus pesadillas. Se aclaró la garganta y le dijo:

–¿Qué vas a hacer, tenerme prisionera durante todo el tiempo que esté aquí?

El piloto salió de la cabina, abrió la puerta del avión y accionó el control que hacía descender la escalerilla.

–Por supuesto que no –respondió Damion–. Podrás ir donde quieras; siempre y cuando te alojes en mi apartamento, te mantengas dentro de los límites de la ley, y hagas todo lo posible por encontrar el cuadro.

Cuando Damion le puso una mano en el hueco de la espalda para empujarla hacia la puerta, Reiko dio un respingo y se apartó de él. A pesar de que la había rozado únicamente y que lo que había tocado era su ropa, sintió un cosquilleo en la piel.

–Será mejor que no hagamos esperar a ese agente tan simpático –dijo rehuyendo la mirada de Damion.

Después de ir al bloque de pisos en el que vivía Damion para dejar las maletas, se fueron directamente a un elegante restaurante donde él había reservado mesa.

Cuando estuvieron sentados y les hubieron servido las bebidas, Reiko le pidió a Damion que le contase algo más de la exposición.

Al verlo vacilar, encogió un hombro.

–Antes o después me acabaré enterando de los detalles –le dijo, y tomó un sorbo de agua.

–La exposición se llama *Ingénue* porque reúne una colección de primeros poemas, primeros cuadros, primeras esculturas... Incluso el primer vestido de alta costura diseñado por Michel Zoltan.

Reiko lo miró impresionada.

–¡Vaya!, ¿y cómo conseguiste ese vestido?

Aquel temperamental y huraño diseñador había creado un vestido increíblemente perfecto para la boda de una joven de la realeza europea y había dicho que esa iba a ser su última creación.

–Te lo diría, pero si lo hiciera tendría que matarte –dijo remedándola–. Y sería una pena manchar de sangre este suelo de parqué.

–Ja, ja. Muy gracioso.

El camarero, que les había dejado hacía un rato la carta, se acercó para preguntarles si ya sabían qué iban a tomar, les tomó nota, y se retiró.

–Las obras que voy a mostrar en la exposición son obras que se hicieron sin que hubiera una influencia del mundo exterior –continuó diciendo Damion–, antes de que el mundo les robara a los artistas su inocencia, por así decirlo. Nunca se ha hecho una exposición así. La mayoría de los artistas piensan que sus primeras obras no son dignas de ser expuestas.

–No creo que sea solo por eso –apuntó ella–. Más bien diría que no están dispuestos a desnudar su alma ante el público; los artistas tienen un ego muy frágil.

–Sí, pero, con el incentivo adecuado, hasta los egos frágiles son maleables.

Reiko apretó la copa en su mano.

–¿Significa eso que se puede comprar a todo el mundo?

–En mi experiencia, *oui* –respondió él, dirigiéndole una mirada fría.

Reiko tragó saliva.

—Es muy triste que tengas esa visión del mundo.

—Ya, como si tu existencia hubiese sido la de una doncella intachable en una torre de marfil —le espetó él—. ¿Cuál es el verdadero motivo por el que quieres asistir a la exposición? Y no me digas que es por tu amor al arte.

Reiko puso cara de póquer.

—Ya te lo he dicho; quiero tantear a tus invitados para intentar conseguir alguna pista sobre el paradero del cuadro.

Damion entornó los ojos.

—O sea que no intentarás sacar provecho de la situación para establecer contactos.

Ella se encogió de hombros.

—Si tanto te preocupa, podríamos llegar a un acuerdo.

Damion, como había esperado, la miró con desprecio.

—No hago tratos con gente como tú, que se mueve en el límite de la legalidad.

—Nunca digas de este agua no beberé.

Damion iba a responderle cuando regresó el camarero con los entrantes que habían pedido: una ensalada de apio, manzana y pavo para ella, y una de lechuga, cebolleta, tomate y langosta para él.

—¿Es así como esperas convencerme de que confíe en ti? —le espetó Damion tan pronto como estuvieron a solas de nuevo.

—¿Cómo?

—Me pediste que confiara en ti, pero tus motivos para asistir a mi exposición no me dan confianza precisamente.

—Encontrar ese cuadro es mi prioridad. Todo lo demás es secundario. Te doy mi palabra.

Damion se quedó mirándola durante unos segundos que a ella se le hicieron interminables antes de asentir.

—Bien —le tendió la mano—. ¿Cerramos el trato entonces?

Reiko tragó saliva y miró su mano antes de alzar de nuevo la vista a su rostro.

–Ya te he dado mi palabra de que no tendrás queja de mi comportamiento.

–Pero un apretón de manos es más... profesional que darle a alguien simplemente tu palabra; ¿*n'est ce pas*?

Su razonamiento no calmó los nervios de Reiko, que inspiró y dejó el tenedor en el plato antes de poner vacilante su mano en la de él. El calor que le produjo ese contacto descendió por su cuerpo hasta llegar a los dedos de sus pies. Intentó liberar su mano, pero él la retuvo unos segundos más antes de soltarla.

Después de ese extraño momento, siguieron comiendo mientras charlaban de cosas intrascendentes. Reiko incluso se atrevió a relajarse un poco, permitiendo que la tensión abandonase su cuerpo... hasta que de pronto, en un momento dado, él alargó el brazo y apartó el flequillo de su frente.

–¿Cómo te hiciste esa cicatriz en la sien? –le preguntó.

Reiko se echó hacia atrás, y se volcó parte del agua de su copa cuando la depositó de nuevo en la mesa con la mano temblorosa.

–¿Perdón, cómo dices?

–Es una pregunta muy simple, Reiko.

–Y también muy personal. ¿Cómo te sentaría a ti que te hiciera una pregunta extremadamente personal? –le espetó sin poder evitar que le temblara la voz.

–Responde a la pregunta y dejaré que tú me hagas una a mí también.

Ella se quedó paralizada; no se esperaba eso.

–¿Lo dices en serio?

Damion asintió.

–¿Cuándo te hiciste esa cicatriz? –quiso saber.

Reiko bajó la vista, tomó de nuevo su tenedor y empujó con él la comida que quedaba en su plato.

–Hace dos años.

–¿Cómo?

Reiko sacudió la cabeza.

–Ya he contestado a una pregunta. Ahora me toca a mí: estabas ausente cuando tu abuelo vendió los cuadros. ¿Dónde habías ido?

Damion pareció tensarse de repente. Sus facciones se endurecieron y la miró fijamente a los ojos antes de contestarle en un tono áspero.

–Estuve aquí, en París, una temporada. Luego fui a Arizona.

–Ah, a Arizona; por supuesto –Reiko ya había sospechado cuál sería su respuesta. Isadora...

Le subió la bilis a la garganta y sintió náuseas.

–¿Qué quiere decir eso de «por supuesto»?

–Había oído los rumores sobre tu visita a Arizona, y los acabas de confirmar.

–¿Qué es lo que oíste? –inquirió él, y apretó los labios.

–Nada importante.

La expresión de Damion se tornó gélida, y cuando abrió la boca ella levantó la mano para interrumpirlo.

–No quiero saber más detalles, y lo digo en serio.

–No iba a dártelos. Simplemente iba a sugerirte que te guardes para ti lo que sea que crees que sabes.

¿Por qué?, ¿porque no quería que Isadora se molestase? Aunque nadie hablaba de ello, todo el mundo sabía la verdad sobre el romance que había habido entre la famosa diseñadora y él.

Reiko se encogió de hombros.

–Creo que ya hemos intercambiado suficiente información personal por un día, ¿no te parece?

Estrujó la servilleta en su mano y la dejó en la mesa; de repente había perdido el apetito. Damion hizo lo mismo y pidió la cuenta.

Capítulo 5

QUÉ planes tienes para hoy? –preguntó Damion mientras desayunaban, levantándose la manga de la chaqueta para mirar su reloj.

Reiko alzó la vista hacia él, pero al instante apartó la mirada. Damion se quedó observándola pensativo. Había algo distinto en ella esa mañana, pero no sabría decir qué.

Bueno, su atuendo, para empezar, era distinto. En vez de un traje de chaqueta y pantalón se había puesto unos vaqueros, una camiseta de manga larga a rayas y una chaqueta. Ese día también se había dejado el cabello suelto.

La tensión constante que había notado en ella seguía ahí, pero había color en sus mejillas. A Damion aquello le trajo recuerdos del tiempo que habían pasado juntos. También se le subía el color a las mejillas cuando acababa de darse una ducha caliente... y después de que hicieran el amor.

Damion frunció el ceño por la dirección que habían tomado sus pensamientos. Tomó un sorbo de su expreso con la esperanza de que la cafeína sofocara el calor que estaba aflorando en su entrepierna.

Reiko también se llevó la taza a los labios, y sus ojos volvieron a posarse brevemente en él antes de que apartara la vista para mirar por la ventana.

–He pensado en ir al Louvre –comentó–. Nunca dejo pasar la oportunidad cuando estoy en París.

–Siempre y cuando no salgas de allí con la *Mona Lisa*...

Reiko puso los ojos en blanco.

—No es mi tipo. Si robara un cuadro sería el *Gladiateur* de Julien.

Damion enarcó una ceja.

—Si ese cuadro representa el tipo de hombre que te gusta, ¿cómo es que estás con Ashton?

Reiko se puso aún más tensa.

—¿Te molesta imaginarme con otros hombres, o solo con Trevor?

Damion apretó la mandíbula. Se negaba a ahondar en por qué aquello le molestaba tanto. Después de lo que había visto cinco años atrás, no debería, pero no podía negar que le molestaba.

Reiko suspiró.

—¿Me creerías si te dijera que no hay nada entre nosotros?

El profundo alivio que sintió Damion lo sorprendió, pero hizo caso omiso a esa reacción.

—El modo en que le tocas, la intimidad que se intuye entre vosotros.

—No sé a qué te refieres con el modo en que le toco. No hay nada de raro en tocarle el brazo a una persona cuando estás hablando, por ejemplo.

—Será que Ashton no es celoso.

Reiko lo miró a los ojos.

—¿A diferencia de ti?

—En efecto. Soy extremadamente posesivo. No me gusta que me quiten lo que es mío.

—Guárdate esa actitud de cavernícola para tu futura esposa, Damion —murmuró Reiko untando mantequilla en su cruasán, aunque no tenía apetito—. Creo recordar haber leído en algún periódico que estabas recorriendo Europa en busca de la perfecta baronesa.

Damion entornó los ojos.

—Pretendo casarme pronto, sí.

La mano de ella se detuvo un instante antes de continuar untando el cruasán de mantequilla.

–Pues si es así, ¿no deberías concentrarte en eso y dejar en paz mi vida privada?

Damion sintió el peso de la responsabilidad en sus hombros. Cuando su abuelo muriese, él sería el único miembro de la dinastía Fortier. Hacía ya unos cuantos años que era consciente de que tenía que casarse y dar continuidad a su apellido, pero la sola idea del matrimonio y de lo que conllevaba le dejó un regusto amargo en la boca.

El desastroso matrimonio de sus abuelos y el de sus padres lo habían marcado de tal modo que desde muy joven se había preguntado si él, con semejante modelo, podría estar preparado para una relación. Luego, primero con Reiko y después con Isadora, se había dado cuenta de que su instinto en lo que se refería a las mujeres era pésimo; se había equivocado de parte a parte con ambas y su relación había sido un desastre.

Se le hizo un nudo de ansiedad en el pecho de solo pensar en lo que sería revivir esas experiencias si volviera a elegir mal. Apuró el café y dejó la taza en su platillo. Tenía un día muy ajetreado por delante, pero siguió allí sentado.

–Ahora mismo tengo cosas más urgentes de las que ocuparme –le dijo a Reiko–, pero cuando llegue el momento no tomaré una decisión precipitada. Escogeré a mi compañera con mucho cuidado, y ella me estará agradecida.

Reiko lo miró boquiabierta de incredulidad.

–¡Vaya! ¿Has oído lo que acabas de decir? De verdad te crees que eres el amo y señor del universo, ¿no? Pues deja que te diga que nunca sabes lo que te espera al torcer la esquina –una expresión de dolor y amargura ensombreció sus facciones–. En un momento vas andando por la calle creyendo que lo tienes todo, y al instante siguiente la vida te lo quita absolutamente todo.

–¿Es eso lo que te ocurrió a ti? –inquirió Damion, posando la mirada en la parte izquierda de su rostro, donde el flequillo volvía a ocultar su cicatriz. Tenía una reunión dentro de veinte minutos; tenía que marcharse–. Cuéntamelo.

Cuando Reiko alzó finalmente la vista hacia él, sus ojos estaban desprovistos de toda emoción.

–Deja de entrometerte en mi vida, Damion –le espetó poniéndose de pie–. No quiero tener que hacer cola durante horas para entrar al Louvre. Necesito pasar al menos una hora con *La gran odalisca*.

–¿Por qué?

–Porque pasar menos de una hora admirando ese cuadro sería un insulto hacia el pintor. Nos vemos luego.

Había empleado un tono despreocupado, pero Damion pudo entrever una cierta fragilidad en su mirada que le hizo sentir lástima, y eso lo preocupó. Miró impaciente su reloj.

–La cena estará lista a las siete. Asegúrate de estar de vuelta a esa hora.

Como Reiko parecía dispuesta a protestar, Damion se giró para tomar su maletín del suelo y, cuando se levantó, ella ya estaba abandonando el comedor con su enorme bolso golpeándole la cadera a cada paso. Damion la siguió con la mirada, incapaz de apartar la vista de la brillante melena azabache, que se balanceaba de un lado a otro por encima de su trasero respingón. No pudo evitar fijarse en lo bien que se ajustaban los vaqueros a sus nalgas, y cuando sintió que una ráfaga de calor afloraba en su entrepierna maldijo entre dientes.

Mientras pasaba de una sala a otra del museo, Reiko se esforzó por concentrarse en la belleza que la rodeaba para anular los pensamientos que la asaltaban sobre Damion.

Sin embargo, era como si las pinturas y las esculturas del Louvre estuvieran conspirando contra ella. El perfecto y fuerte cuerpo de la escultura de *Edipo* le recordó el musculoso físico de Damion, y el erotismo del cuadro *David y Betsabé* al sueño que había tenido la noche anterior, en el que había aparecido Damion.

Para cuando entró en el ala Richelieu del museo, su frustración era tal que quería gritar. Le estaba costando un esfuerzo tremendo mantener la compostura delante de Philippe, el secretario del director del museo, a quien había encontrado esperándola con un pase VIP para ella al llegar al museo.

Aunque Damion hubiese organizado aquello sin decírselo, se negaba a verlo como un detalle por su parte. Seguramente, el único motivo por el que lo había hecho era porque quería que estuviese de regreso a las siete.

—¿Quiere volver a la sala del cuadro de *La condesa de Goya*, o quizá al de *La gran odalisca*? —le preguntó Philippe—. Hemos cerrado la sala de *La gran odalisca* para que pueda admirarlo en privado.

—¿Qué? ¿Por qué?

Philippe sonrió.

—Según tengo entendido, *monsieur* Fortier le dijo al director que es su cuadro favorito del Louvre.

—Bueno, sí, pero... ¡cerrarla solo para mí...!

—No es algo que hagamos muy a menudo. Hacemos una excepción con las invitadas especiales del barón de Saint Valoire.

—¿Y cuántas invitadas especiales ha habido? —las palabras escaparon de sus labios antes de que pudiera contenerlas—. Perdone, normalmente no suelo ser así de... Olvide la pregunta —balbució poniéndole una mano en el brazo a Philippe, que estaba mirándola contrariado.

Siguió a Philippe de regreso al ala Sully con una mezcla de sentimientos contradictorios revolviéndose en su estómago. Invitadas especiales del barón de Saint Valoire...

Reiko apartó a un lado los celos que no quería reconocer como tales, y se quedó delante del cuadro de la odalisca, contemplando en silencio a aquella mujer a la que habían sentenciado a morir, pero que se había enfrentado a la muerte con dignidad y coraje.

¿Acaso importaba que Damion hubiese hecho aquello por otras mujeres? Era una oportunidad única, y estaba decidida a disfrutarla.

Perdió la noción del tiempo en la contemplación del cuadro, y cuando se volvió para darle las gracias a Philippe, se encontró con que estaba sola. Miró una última vez la cautivadora pintura, se colgó el bolso del hombro y se dirigió lentamente a la salida.

Mientras caminaba por la calle Rivoli, se detuvo en una *patisserie* y pidió un *panini* y un café con leche. El cansancio estaba haciendo mella en ella. Las pesadillas habían vuelto a asaltarla la noche anterior, y esa vez los detalles habían sido aún más vívidos. Se había despertado sudando, con el corazón martilleándole en el pecho y con horribles imágenes de cuerpos quemándose en su mente. Por suerte no había gritado. Durante varias horas había permanecido despierta, temiendo que volvieran las pesadillas si se dormía, y cuando finalmente se había dormido había soñado otra vez que bailaba con Damion. Había sido increíblemente erótico, y aunque en el sueño no se habían besado, había visto escrita la intención en cada mirada de Damion.

El ansia que le quemaba en el vientre y entre los muslos al despertarse esa mañana había sido como un cruel recordatorio de lo que ya nunca volvería a experimentar, y se le habían llenado los ojos de lágrimas.

Había acabado sollozando calladamente, pero ni siquiera eso la había aliviado, y esa mañana apenas había sido capaz de mirar a Damion a los ojos durante el desayuno.

Cuando sonó su teléfono dio un respingo. Frunció el ceño al ver un número que no le sonaba y pulsó el botón para contestar.

–De modo que... ¿dos horas admirando *La gran odalisca*?

Sintió la aterciopelada voz de Damion como una caricia junto a su oído. Su sorpresa dio paso a una creciente suspicacia.

—¿Hiciste que me dieran un trato especial en el museo para poder tenerme vigilada?

Damion respondió a su acusación con silencio antes de decir:

—Me parece que las palabras que buscas son «gracias, Damion».

—No si estás espiándome.

—¿Debería hacerlo? —inquirió él con cierta aspereza.

—Por supuesto que no —masculló ella.

—*Bien sûr*. Llamé al director para saber si te estaban atendiendo como le había pedido, y me dijo que ya te habías marchado —dijo, y se quedó esperando una respuesta.

Reiko se mordió el labio e inspiró profundamente.

—Te agradezco que organizaras mi visita; la he disfrutado muchísimo, pero espero que no creas que esto te da carta blanca para hurgar en mi vida de nuevo.

—Con lo que sé me doy por satisfecho por ahora. No llegues tarde —dijo Damion.

Y colgó. Reiko se quedó mirando el teléfono con el corazón desbocado. Con dedos temblorosos marcó el número de Damion, pero comunicaba.

«Es imposible que lo sepa», se tranquilizó a sí misma, pero la ansiedad estaba devorándola por dentro cuando regresó al apartamento de Damion tres horas más tarde.

Fabrice le abrió la puerta y le informó de que Damion había llamado para decirle que iba camino a casa.

Reiko fue a su dormitorio para cepillarse un poco el pelo y reaplicarse el pintalabios.

Justo cuando bajaba las escaleras Damion entraba por la puerta.

El magnetismo de aquel hombre era algo fuera de lo

común. No pudo apartar los ojos de él mientras avanzaba hacia ella, con esos hombros anchos y esos andares de depredador. Cuando sus ojos la recorrieron de arriba abajo antes de posarse en los suyos, sintió que se le revolvía el estómago por los nervios.

«Mantén la calma; no sabe nada». Sin embargo, a pesar de repetirse eso como un mantra, el corazón cada vez le latía más deprisa.

–¿Qué has querido decir antes por teléfono? –le preguntó antes de poder contener las palabras.

Damion enarcó una ceja y esbozó una sonrisa enigmática que la puso aún más nerviosa.

–*Bonsoir* a ti también.

Un escalofrío de pánico le subió por la espalda, pero se negó a dejarse llevar por él.

–Por favor, contéstame.

En ese momento apareció Fabrice, que tomó el maletín de Damion y se retiró discretamente mientras los ojos de este seguían fijos en ella.

Reiko se humedeció los labios.

–O me dices a qué vino eso de que con lo que sabes te das por satisfecho por ahora. Si no, saldré de aquí ahora mismo y nunca encontrarás ese cuadro.

Damion se tensó ligeramente, pero luego suspiró y le dijo:

–Guarda esas garras, gatita; no voy a hacerte daño.

El tono amable de su voz sorprendió a Reiko, y al ver cómo la estaba mirando, sintió cómo el pánico se apoderaba de ella.

No... No podía saberlo..., se dijo. Y sin embargo, se le había erizado el vello de los brazos, como si fuese una premonición.

Quería hacerle callar antes de que hablara, pero sabía que no había forma de impedirlo.

–Háblame del accidente, Reiko.

Capítulo 6

CÓMO... cómo lo has averiguado?
     –No eres la única que tiene acceso a información, Reiko.

El tono de Damion era suave, amable. Lo siguiente sería ver una expresión de lástima en su rostro. Una mezcla de ira y dolor la sacudió.

–¿Por qué has tenido que hurgar en mi vida privada?

–Porque soy un hombre impaciente. Necesitaba saber qué te había pasado... sobre todo si eso podía poner en peligro la tarea a la que te has comprometido.

Reiko bajó el último escalón y lo miró furibunda.

–¿Me estás diciendo que decidiste hurgar en mi vida solo para satisfacer tu curiosidad? ¿A pesar de que te di mi palabra de que mi prioridad sería encontrar el cuadro? Eres lo más rastrero que...

–Cálmate.

Damion la tomó del codo y la condujo al comedor, donde Fabrice había dispuesto la mesa para la cena con la más exquisita vajilla y la más reluciente cubertería de plata.

Reiko se dio media vuelta.

–No me digas que me calme. ¿Y no creerás que voy a sentarme a cenar contigo después de lo que acabas de decirme?

–No tengo todos los detalles del accidente.

Reiko se quedó mirándolo anonada.

–¿Que no...? Pero yo creí que...

Damion se encogió de hombros.

–Le pedí al detective que dejase de investigar. Esperaba que tú me contaras el resto.

La sola idea de dejarle entrever siquiera el estado físico y emocional en que había quedado después del accidente hizo que la invadiera el pánico.

–Si pensabas que te iba a estar agradecida por eso, estás muy equivocado –le espetó ella entre dientes.

Damion apartó una silla de la mesa y se la señaló con un ademán.

–Siéntate, Reiko.

De mala gana, ella se sentó, sintiendo todo el tiempo sobre ella la mirada de Damion, que se sentó también.

Todavía estaba mirándola cuando entró Fabrice con el primer plato poco después. Reiko tomó su cuchara, pero no hizo siquiera intención de tocar la crema fría de pepino con pechuga de pollo.

–No estabas en casa de Ashton porque haya algo entre vosotros, ¿no es así? –dijo Damion cuando Fabrice se hubo retirado.

Ella esbozó una sonrisa amarga.

–No, era amigo de mi padre, y es como un tío para mí. Fuiste tú quien pensó mal.

Damion escrutó su rostro en silencio.

–¿Qué te pasó?

Exasperada por su insistencia, Reiko soltó la cuchara.

–¿Te importaría dejar el tema? –empujó la silla hacia atrás y se puso de pie.

–¿Dónde crees que vas?

–He perdido el apetito; disfruta de la cena.

–Siéntate –le ordenó él.

Su vozarrón habría acobardado a cualquier otra persona, pero Reiko no estaba de humor para su arrogancia.

–A menos que tengas una cuerda para atarme a la silla, te aseguro que no pienso volver a sentarme.

–No tengo ninguna a mano, pero eso puede arreglarse –gruñó él.

–Oooh... ¿Se supone que tengo que asustarme? –se burló ella.

–Lo averiguaré de un modo u otro, pero preferiría enterarme por ti.

Reiko lo miró largamente.

–¿Por qué estás tan empeñado en saberlo?

Una expresión extraña cruzó por la mirada de Damion.

–Digamos, simplemente, que he aprendido por las malas a no ignorar las señales de advertencia. Y ahora siéntate y come.

Reiko se sentó lentamente y tomó su cuchara con dedos temblorosos. A pesar del nudo que tenía en la garganta logró tragar una cucharada a duras penas.

–¿Se supone que después de esa afirmación enigmática ahora debería desnudarte mi alma?

–Por supuesto que no –Damion exhaló un pesado suspiro y dejó la cuchara en su plato–. Es evidente que lo que fuera que te ocurrió tuvo un fuerte impacto en ti. Solo estoy intentando comprender...

–No necesito que me psicoanalices; ¡para eso ya tengo a mi terapeuta! –la cara de sorpresa de Damion la hizo resoplar por la nariz–. Sí, me he tumbado en un diván y he seguido el típico programa de recuperación de doce pasos, y antes de que digas lo que es obvio: no, la terapia no está funcionando.

Damion apretó la mandíbula.

–No pongas en mi boca lo que no he dicho.

–Es la verdad. Lo que no entiendo es por qué insistes en saber. No puedes solucionar mis problemas, así que ahórrate el esfuerzo.

–¿Qué te pasó para que te quedaras tan traumatizada?

–¿Aparte de haber sido una idiota crédula? ¿Y de no haberme dado cuenta antes de que te proponías arruinar a mi abuelo?

Las facciones de Damion se ensombrecieron, pero esa vez a Reiko le pareció vislumbrar arrepentimiento en su mirada.

–Esa nunca fue mi intención. Estaba llevando a cabo los preparativos para abrir una galería en Tokio y mi abuelo me pidió que investigara al tuyo. Lo único que hice fue hacer lo que tenía que hacer a la vista de los hechos y las cifras con las que me encontré. Si hubiera sabido que se lo iba a tomar tan mal...

–Tu compasión llega cinco años tarde.

–¿Sabías que debía tres veces más de lo que accedí a que devolviera?

No, no lo sabía. La confusión de Reiko se mezcló con las emociones que se agitaban en su interior.

–¿Esperas que eso me ablande?

–No, espero que con eso te des cuenta de que no soy el bastardo sin corazón que crees que soy.

Quizá fuera esa afirmación, articulada en un tono suave pero firme. O quizá la mano de Damion, que se posó sobre la de ella, antes de que sus cálidos dedos se entrelazaran con los suyos, que estaban helados. O quizá el cansancio que estaba haciendo mella en su alma. Fuera cual fuera el motivo, no pudo evitar que se le llenaran los ojos de lágrimas, y eso era lo último que quería: salir llorando delante de él.

Lo miró a la cara y le dijo en un susurro:

–¿Quieres saber qué hizo que me derrumbara? El ver a mi abuelo sufrir fue horrible, pero el sentirme responsable de la muerte de mi padre... Eso fue lo que me destrozó.

Al ver el dolor en su rostro, a Damion se le encogió el corazón.

Reiko estaba temblorosa, y se había puesto lívida por el esfuerzo que le había llevado pronunciar esas palabras. Le quitó la cuchara de la mano y la dejó en el plato. Como ella, él también había perdido el apetito.

No sabía por qué estaba haciendo aquello cuando se

había jurado y perjurado que no entraría en el terreno de lo personal. Entonces pensó en Isadora, en cómo había dado por bueno todo lo que ella le había dicho, y en cómo ya había sido demasiado tarde cuando se le había ocurrido indagar.

–¿Por qué crees que fuiste responsable de la muerte de tu padre? –le preguntó.

Reiko lo miró atormentada.

–¿Por qué me haces esto? No te creo tan insensible como para no darte cuenta de que no es fácil para mí hablar de esto. ¿Por qué insistes entonces?

La inquietud de Damion aumentó.

–No es mi intención hacerte sentir mal...

Reiko se rio con aspereza.

–Pues lo estás haciendo de miedo, te lo aseguro.

Damion apretó la mandíbula.

–Te miro, te escucho, y veo que te has vuelto tan frágil como una lámina de cristal. Un pequeño empujón en la dirección equivocada y te harás añicos.

–¡Pues deja de presionarme!

Damion le apretó la mano.

–Tú misma has dicho que la terapia no está funcionando. ¿Cuánto tiempo más pretendes mantener esto enterrado?

Reiko enrojeció de ira.

–Ahórrame tu psicología barata.

–No seas quisquillosa.

–Y tú no me toques las narices. Puede que sea bajita, pero puedo contigo. Soy japonesa, por si lo has olvidado; las habilidades *ninja* vienen de serie. Puedo matarte con una sola mirada.

A pesar de la fiereza de su tono, Damion se rio.

–Solo eres mitad japonesa. ¿Y no se supone que los *ninjas* no revelan a nadie que lo son? –antes de poder contenerse, alargó la mano y le acarició los labios con el pulgar.

Su suavidad hizo que sintiera deseos de besarla una

vez más, como tantas veces había hecho años atrás. «Bravo, Damion. Vas de mal en peor».

–Lo digo en serio, Damion; no hagas que me enfade.

Una ráfaga de calor afloró de repente en la entrepierna de él.

–Vuelve a decir mi nombre –le pidió.

Las palabras habían salido solas de sus labios.

Reiko lo miró con recelo.

–¿Para qué?

–Siempre me ha gustado cómo suena cuando lo dices.

–Damion, no...

Fabrice volvió a entrar en el comedor en ese momento, y Damion maldijo entre dientes al tiempo que se echaba hacia atrás y se erguía en su asiento.

La expresión preocupada de Fabrice al ver que apenas habían tocado sus platos se disipó de inmediato cuando Reiko le sonrió y le dijo:

–Es culpa mía, Fabrice; creo que todavía estoy haciendo la digestión del *panini* que me tomé para almorzar.

Fabrice asintió.

–¿Tal vez *mademoiselle* preferiría entonces un segundo plato más ligero? –sugirió.

Reiko negó con la cabeza y le puso una mano en el brazo con otra sonrisa.

–No, lo siento, Fabrice; no creo que pueda comer nada más.

Damion sintió que le hervía la sangre en las venas.

–*Pas de quoi, mademoiselle* –respondió Fabrice, con una obsequiosidad que a Damion le resultó enervante–. *¿Et pour vous, Baron?*

Damion rehusó su ofrecimiento sacudiendo la cabeza, y cuando Fabrice se hubo marchado, miró a Reiko, que estaba remetiendo un mechón de su negro cabello tras la oreja izquierda.

Reiko alzó la vista y sus ojos se encontraron.

–¿Qué? –le espetó–. Espero que no vayas a acusarme de haberte arruinado la cena; la has arruinado tú solito.

A Damion le dolían los dientes de tanto apretarlos.

–No iba a hacerlo; yo también he perdido el apetito.

–Bueno, es lo que suele ocurrir cuando sometes a alguien a un interrogatorio en tercer grado. Te daré un consejo: la próxima vez hazlo después de haber comido y no antes.

Damion no contestó, sino que se quedó mirándola, incapaz de apartar de su mente el pensamiento que zumbaba dentro de su cabeza como una abeja: odiaba que tocase a otros hombres.

Reiko se despertó a medianoche con un dolor insoportable. Por culpa del estado de agitación en que se había quedado tras la desastrosa cena con Damion se le había olvidado hacer sus ejercicios.

Ansiosa por alejarse de él, le había dado las buenas noches y se había dejado caer en la cama al llegar a su dormitorio pensando que no iba a dormir nada. ¡Qué equivocada había estado! Debía de estar tan cansada que se había quedado dormida sin darse cuenta.

Apretó los dientes cuando se movió y sintió un dolor lacerante en la pelvis. Hizo un esfuerzo por respirar acompasadamente para relajarse, pero sabía que no tenía más remedio que hacer algo al respecto. Se incorporó como pudo, se enfundó con dificultad en su malla de licra, tomó una toalla del baño, y se encaminó a la sala que Damion había convertido en un pequeño gimnasio con modernos aparatos de fitness.

Sacó una botella de agua del mueble bar que había a la entrada y se sentó en la esterilla frente a la pared de espejos.

Tomó un sorbo de agua e inspiró profundamente. La primera serie de ejercicios era tan dolorosa que para cuando acabó con ellos ya estaba sudando. Sin embargo, la segunda serie era aún peor, y el solo hecho de pensarlo hizo que un gemido de desesperación escapara de su garganta.

—No sé muy bien cómo tomarme que haya una mujer hermosa, sola, gimiendo en mi gimnasio en mitad de la noche.

Reiko giró la cabeza al oír aquella voz. Damion estaba apoyado en el marco de la puerta. Iba vestido con unos pantalones de chándal y una camiseta blanca que le quedaba justa, y tenía el cabello revuelto de acabar de levantarse de la cama. Una ráfaga de calor la sacudió antes de que recordara que tenía puesta una horquilla para sujetarse el flequillo y se apresurara a quitársela para dejarlo caer y que ocultase la cicatriz. Por suerte, el cuello alto de la malla y las mangas largas cubrían las partes de su cuerpo que necesitaba que cubrieran.

—Si no te importa, esta es una función privada a la que no estás invitado —le dijo ella, con la esperanza de que captase la indirecta y se marchase.

Pero no lo hizo. Se acercó lentamente y se detuvo a su lado. Desde su posición, tumbada en el suelo, tenía una vista magnífica de su cuerpo: las fuertes piernas, la cintura estrecha, el musculoso torso...

—¿Qué haces? —le preguntó Damion.

—¿A ti qué te parece? Hacer ejercicio.

—Pero te duele. ¿Por qué?

—Márchate, Damion.

—Si quisieras mantener esto en secreto estarías haciéndolo en tu dormitorio.

Reiko suspiró exasperada.

—Te aseguro que lo habría hecho si hubiera sabido que ibas a someterme a otro interrogatorio. Esto ya empieza a ser cansino.

Damion se limitó a encogerse de hombros y se quedó allí plantado, esperando una respuesta.

Reiko apartó la mirada de él.

–Tengo una lesión en la espalda y en la pelvis por el accidente que tuve. Hoy he pasado demasiado tiempo de pie y he olvidado hacer mis estiramientos antes de irme a la cama.

–¿Y te has despertado dolorida?

Reiko asintió.

–El dolor aumenta cuando mi cuerpo se pone rígido.

Damion se puso en cuclillas y la tomó de la barbilla para que lo mirara.

–¿Cómo puedo ayudarte?

–Marchándote y dejándome tranquila para que pueda seguir con los ejercicios –respondió ella incorporándose.

La mirada obstinada en los ojos de Damion le dijo que no tenía intención de hacer tal cosa. Reiko suspiró.

–Damion...

–Dejemos de discutir, *ma belle*. Dime cómo puedo ayudarte.

Reiko suspiró de nuevo y volvió a dejarse caer en la esterilla.

–Ya te lo he dicho; no necesito...

Damion se inclinó hacia delante y plantó las manos en la esterilla, a ambos lados de sus caderas. A Reiko se le cortó el aliento cuando la miró a los ojos con obstinación. Era evidente que no pensaba irse a ninguna parte. Su única opción era acabar con aquello lo antes posible.

–Pon las plantas de mis pies en tu pecho y empuja inclinándote hacia mí. Y por mucho que me queje no dejes de hacerlo, ¿de acuerdo?

Damion la miró preocupado.

–Cuando dices que vas a quejarte... ¿quieres decir que vas a ponerte a llorar? ¿O a dar gritos?

–Puede que las dos cosas. Si eres así de remilgado mejor que te vayas ahora mismo.

–De remilgado nada –replicó él, aunque no parecía muy seguro.

Se colocó de rodillas frente a ella, bajó la vista a sus piernas y, durante lo que a Reiko le pareció una eternidad, se quedó mirándolas.

–Vamos, Damion, no seas cobardica. A menos que puedas conjurar por arte de magia una piscina térmica con chorros de agua, esta es la única manera, así que pongámonos a ello.

Damion apretó los labios.

–De acuerdo, levanta las piernas.

Reiko las levantó con cuidado, y las firmes y fuertes manos de Damion le agarraron los tobillos para poner sus pies contra su pecho. El shock inicial que le provocó el contacto de sus pies desnudos contra el calor del pecho de Damion sofocó unos segundos el dolor de su pelvis. Una ráfaga de calor subió por sus pantorrillas, por sus muslos, y se concentró en su entrepierna. Los dedos de sus pies se contrajeron como si tuvieran vida propia.

–¿Y ahora qué? –le preguntó Damion.

–Separa mis rodillas despacio al tiempo que te inclinas hacia mí empujando con tu pecho.

Las manos de Damion se cerraron sobre sus rodillas, y se inclinó despacio hacia ella, pendiente de su reacción.

Reiko se mordió el labio cuando una punzada de dolor le atravesó la pelvis y apretó los puños, esforzándose por mantener una respiración acompasada.

–¿Estás bien?

La mirada de Damion se había ensombrecido de preocupación. No quería que la mirara así. Tragó saliva y asintió en respuesta a su pregunta.

Damion empujó sus rodillas un poco más, despacio, inclinándose más hacia ella. Cuando sus talones tocaron la parte trasera de sus muslos resopló temblorosa.

–Ahora échate hacia atrás y repítelo –le dijo.

Damion obedeció, y repitieron el proceso. A la tercera vez, cuando ella gimió de dolor, Damion maldijo entre dientes y paró.

–No, no pares; estoy bien.

–¿Cómo vas a estar bien? Estás llorando y...

–¡No estoy llorando!

–Pero si se te saltan las lágrimas...

–¡No es más que sudor, por amor de Dios! ¡Hazlo!

Después de la cuarta vez, los músculos de Reiko empezaron a soltarse, y a medida que disminuía el dolor era más consciente de la proximidad de Damion cuando se inclinaba hacia ella. Su poderosa aura la envolvía, y su aroma se le colaba en los pulmones cada vez que inspiraba. En un momento dado, sus ojos se vieron atraídos hacia sus labios.

Siempre le había gustado que Damion estuviera encima cuando lo hacían. Aquel pensamiento arrastró consigo una marea de recuerdos: la primera vez que se habían besado, el calor de su cuerpo apretándose contra el suyo, sus dedos enredándose en el corto cabello de él, la primera vez que la había hecho suya en la cabaña de su abuelo, en Tokio, lo feliz que se había sentido durante semanas después de aquello...

Desde el principio, esa fuerte atracción que ejercía sobre ella la había fascinado. Se había visto atrapada por él desde el momento en que se había presentado como Daniel Fortman, un joven que había dado por hecho que no era más que un conocido de su abuelo con el que tenía trato por sus negocios.

Antes de que cruzaran una sola palabra había sabido que debía cuidarse de él, pero sin saber cómo poco tiempo después se había entregado a él en cuerpo, alma y corazón. Y él había acabado despedazándola.

Los pensamientos de Reiko se fusionaron en un amasijo de nervios en su estómago junto con una tristeza que hizo que afloraran lágrimas a sus ojos.

Había estado haciendo un esfuerzo tan grande por no derrumbarse delante de Damion, que apenas se dio cuenta cuando él le bajó lentamente las piernas y se inclinó sobre ella apoyando las manos a ambos lados de su cuerpo.

–Ahora sí que estás llorando; no lo niegues –le dijo, acariciándole el rostro con su cálido aliento.

Reiko rehuyó su mirada.

–Está bien, sí, estoy llorando. Apechuga con ello.

Damion se inclinó un poco más, y a Reiko se le aceleró el pulso.

–¿Alguna vez piensas en lo que hubo entre nosotros? –le preguntó en un tono grave, intenso, mientras su mano derecha jugueteaba con un mechón de su cabello.

Reiko tragó saliva y lo miró.

–No –mintió–. ¿Por qué iba a hacerlo?

–Por esto.

Damion bajó la vista a su boca y, un instante después, sus labios descendían sobre los de ella. La explosión de felicidad que estalló en su interior la dejó aturdida. Los labios de Damion comenzaron rozando los suyos apenas, y Reiko se movió impaciente debajo de él. Quería más.

El pequeño lunar que tenía sobre el labio, y que Damion siempre había adorado, se convirtió en una zona erógena cuando lo lamió. Luego tiró del labio inferior con los suyos, avivando el placer, antes de besarla por fin de verdad.

Un gemido muy distinto del que había emitido minutos atrás escapó de su garganta en el silencio del gimnasio cuando la lengua de Damion acarició la suya atrevidamente. Reiko sintió que la arrastraban las deliciosas sensaciones que estaban recorriendo todo su cuerpo.

Respondió enroscando su lengua con la de él, y el gemido de placer de Damion hizo que una ola de calor, ardiente como la lava de un volcán, recorriera su cuerpo y se asentara en su vientre. Los dedos de Damion se hundieron en sus cabellos, y en medio de ese frenesí se inclinó más hacia ella. A través de la fina malla de licra que llevaba puesta, Reiko notó su erección apretándose contra ella, como una promesa de placer ilimitado e infinitas posibilidades.

¿Posibilidades? ¡No, era imposible! Con un gemido angustiado despegó sus labios de los de él.

Damion frunció el ceño y la miró confundido.

–¿Reiko?

–Quítate de encima de mí –le dijo, esforzándose por controlar el pánico que estaba apoderándose de ella.

¿Cómo había podido ser tan estúpida?, se reprendió al darse cuenta de lo que casi había permitido que pasara. ¿Cómo podía haber bajado la guardia de ese modo?

El aturdimiento se disipó de la mirada de Damion, que se quitó de encima de ella y se sentó a un lado, con la espalda contra la pared de espejos y una pierna doblada para ocultar su erección.

Reiko lo agradeció para sus adentros, porque solo pensar que nunca volvería a sentirlo dentro de ella estaba desgarrándole el corazón.

–Esto no debería haber pasado –dijo cuando se sintió mínimamente capaz de hablar sin que le temblara la voz–. Aunque para haber sido un beso por pena no ha estado del todo mal.

Damion clavó sus ojos en los de ella.

–¿Es eso lo que piensas?, ¿que te he besado porque siento lástima de ti?

Reiko se encogió de hombros y se incorporó despacio.

–¿Qué otra razón podría haber? –le espetó, y apartó la mirada para no ver la reacción de Damion a su respuesta.

Recordando a destiempo que Damion le había estado tocando el pelo, se apresuró a tapar la cicatriz con el flequillo, pero antes de que pudiera hacerlo la mano de Damion agarró la suya.

–Ya he visto tu cicatriz; no tiene sentido esconderla.

–No tienes el menor tacto, ¿verdad?

Reiko intentó soltar su brazo, pero Damion no se lo permitió, y la atrajo más hacia sí para apartar el cabello con la otra mano y dejar al descubierto por completo su cicatriz. Cuando inclinó la cabeza para besarla en la frente, a Reiko se le cortó el aliento.

El torbellino de sentimientos que provocó ese simple beso fue tan tempestuoso, tan aterrador, que lo único que quería hacer en ese momento era salir corriendo y esconderse. Lo empujó, apartándolo de sí.

–Estoy segura de que dentro de un día o dos habré averiguado el paradero del cuadro –le dijo. No podía soportar la idea de pasar más tiempo con él–. Y una vez esté en tus manos, querría que me hicieras un favor: no vuelvas a acercarte a mí.

Capítulo 7

LA GALERÍA Fortier de París antaño había sido un almacén, pero este había sido transformado en un edificio con un diseño que combinaba madera, cristal y un uso tan inteligente de la luz que la belleza del resultado lo dejaba a uno boquiabierto.

Desde el momento en que entró Reiko se sintió transportada a otro mundo. Como había llegado pronto y Damion estaba ocupado con los detalles de último minuto, aprovechó la oportunidad para echarle un vistazo a la exposición, en el segundo piso.

Aceptó una copa de champán que le ofreció un camarero que había en la puerta, y nada más entrar en la sala supo por qué Damion tenía tanto empeño en recuperar *Femme sur plage*.

Toda una pared de la sala estaba dedicada a obras de su abuelo, Sylvain Fortier. La mayoría no las había visto antes, pero algunas le llamaron la atención, y de inmediato reconoció las sutiles pinceladas y las delicadas combinaciones cromáticas que habían hecho de él uno de los pintores más importantes de su generación.

Femme de la voile, otro cuadro en el que había retratado a su esposa Gabrielle, ocupaba un lugar de honor en la parte central de la pared. A pesar de que su rostro estaba cubierto en su mayor parte por un delicado velo de muselina, sus ojos miraban descaradamente al pintor, y en la intensidad de esa mirada se adivinaba el poder que había ejercido sobre él.

Oyó pasos detrás de ella y se volvió para encontrarse

a Damion allí plantado, observándola. Se le cortó el aliento al recordar el beso de la noche anterior.

Iba vestido con un esmoquin que parecía hecho a medida, y su virilidad la golpeó con la fuerza de un viento del norte.

–Hola, Reiko.

Por el modo en que pronunció su nombre, pareció que estuviera declarando que le pertenecía en vez de estar saludándola.

Reiko apartó la vista y se giró de nuevo hacia la pared.

–Quieres esos tres cuadros en la exposición porque fueron las primeras obras de tu abuelo, ¿no es así?

–*Oui*. Deberían estar aquí, para que los vea una última vez antes de morir.

Por la emoción en su voz, Reiko supo lo difícil que era para él hablar de aquello, y a pesar de que quería mantenerse impasible, no pudo evitar sentir compasión por Damion.

–Lo siento.

–*Merci* –murmuró él–. Bueno, ¿y dónde has ido esta mañana? Te marchaste antes del desayuno.

A Reiko le pareció advertir de nuevo una nota posesiva en su voz. Con un ademán señaló su atuendo, un vestido gris perla cuya falda le quedaba por la mitad del muslo, y sintió un cosquilleo en la piel cuando los ojos de Damion la recorrieron de arriba abajo.

–No traía en la maleta nada para la ocasión, así que decidí salir temprano para ir a comprar algo.

Damion bajó la vista a sus pies, y frunció el ceño al ver sus zapatos de tacón.

–No deberías llevar esos zapatos.

–¿Perdona?

–Con los dolores que tenías anoche, esos zapatos son lo último que deberías llevar en este momento.

Reiko no sabía si sentirse ofendida o conmovida por su preocupación.

–Deja que sea yo quien se preocupe por lo que me conviene o no.

–No comprendo por qué las mujeres os torturáis de ese modo. Esos zapatos son letales; deberías haberte puesto otros con menos tacón.

Reiko enarcó las cejas y le espetó con sarcasmo:

–Después de haber servido de... inspiración a una diseñadora durante un año entero, esperaba que comprendieras el concepto de «moda».

Por encima del hombro de Damion, vio que entraba en la sala un anciano en una silla de ruedas empujada por un empleado de la galería, seguido de otras personas.

–Ya están llegando tus invitados –le dijo–; debo ponerme a trabajar.

El rostro de él se tensó de frustración, y cuando ella iba a darse la vuelta para alejarse la agarró de la mano.

–Reiko, tenemos que hablar.

–Bueno, ya hablaremos luego –respondió ella, y se alejó, sintiendo la intensa mirada de Damion a sus espaldas.

Se paseó por la sala, deteniéndose a admirar los distintos cuadros y esculturas, intentando disipar su resentimiento con toda aquella belleza. ¿Qué le importaba a ella cómo llevase Damion su vida, o lo rápido que había encontrado a otra mujer después de dejarla?

La punzada de dolor en su pecho que respondió a su pregunta fue como una burla a su fingida indiferencia. Apenas un mes después de dejarla, Damion había sido visto en público con Isadora Baptiste, una mujer casada con la que se decía que había estado acostándose un año entero.

Pero ¿quién era ella para tirar la primera piedra? El comportamiento que había tenido después de que la dejara la llenaría siempre de vergüenza.

Absorta en esas dolorosas reflexiones, no se dio cuenta de que había vuelto a la pared donde había empezado hasta que oyó unas toses a su lado. Allí estaba el anciano de la silla de ruedas. A pesar de su cabello blanco y las arrugas de su rostro, lucía con un estilo innegable el esmoquin blanco y la pajarita negra que llevaba, y por algún motivo le resultaba vagamente familiar.

Reiko lo observó acercar su silla de ruedas eléctrica a una hoja de papel enmarcada en la que había escrito un texto garabateado con una letra un tanto extravagante. Al acercarse, Reiko vio que era un poema, un soneto sencillo sobre el amor, pero tan impactante que se le hizo un nudo en la garganta.

—Los hombres somos estúpidos —dijo el anciano de repente. Reiko lo miró sorprendida—. Creemos que somos los amos del mundo —continuó con un marcado acento francés—. Nos golpeamos el pecho como los gorilas, comparamos el tamaño de nuestros penes y pensamos que podemos con cualquiera. Pero todo se queda en nada ante el rostro de una mujer hermosa. Una mujer hermosa puede hacer que los sueños de un hombre se conviertan en realidad, o destruir a ese hombre con solo levantar el dedo meñique —giró la cabeza y fijó sus penetrantes ojos azules en ella—. ¿Es eso lo que está haciendo usted con él? —dijo señalando con la cabeza a Damion, que estaba a unos metros de ellos, rodeado de varios invitados.

Aturdida, Reiko sacudió la cabeza.

—Oh, no, se equivoca usted; no hay nada entre...

—Eso es lo que se dice usted ahora mismo. Y probablemente es lo que se esté diciendo él también. Es tan arrogante que se cree que las tiene todas consigo. Siempre ha sido así —el anciano giró la cabeza de nuevo hacia el poema—. Como he dicho... los hombres somos estúpidos —masculló.

Exhaló un suspiro, y se quedó mirando el cuadro tan fijamente que Reiko se sintió como si estuviera molestando.

–Todos somos estúpidos –dijo–, pero creo que aunque nos dieran la oportunidad de cambiar las cosas, no cambiaríamos nada.

El anciano giró la cabeza hacia ella.

–Como puede ver, a mí no me queda mucho tiempo.

Su intensa mirada volvió a recordarle a alguien.

–Me temo que mi nieto cometerá los mismos errores que cometí yo, y que las malas experiencias se convertirán en un obstáculo para su felicidad. Pero, si alguien le hiciera ver más allá de esas malas experiencias, estoy convencido de que será capaz de entregarse por completo y amar con todo el corazón.

–¿Su nie...? –Reiko se quedó mirando al anciano y de pronto todas las piezas encajaron–. Usted es Sylvain Fortier... –murmuró–. Lo siento mucho; no lo había reconocido.

El hombre esbozó una sonrisa cansada.

–Pero yo sí la he reconocido a usted, *ma petite*. Igual que ahora soy capaz de reconocer que ciertas decisiones que tomé en el pasado pueden haberle hecho daño.

Reiko, a quien se le había hecho de repente un nudo en la garganta, tragó saliva.

–¿Lo dice por mi abuelo?

Los ojos del anciano, tan parecidos a los de Damion, se clavaron en ella.

–*Oui*. Si le ofreciera mis disculpas, ¿serían bien recibidas?

–Cuando menos serán escuchadas.

–*Bon*. En ese caso le pido que me perdone. ¿Recordará lo que le he dicho sobre mi nieto?

Reiko asintió.

–Lo recordaré.

Sylvain Fortier sonrió.

–Bien. *Au revoir*.

Todavía aturdida por aquel encuentro, Reiko no se sentía preparada para lanzarse al ataque cuando vio a su «presa» varios minutos después: Pascale Duvall. A pesar de lo trajeado que iba, lo reconoció de inmediato. Estaba mirando con avaricia una escultura de bronce, y aunque el saber que era él quien había adquirido la estatuilla de jade le revolvía el estómago, esbozó una sonrisa y se acercó a él.

–¡*Monsieur* Duvall! Esperaba verlo aquí –lo saludó tendiéndole la mano.

–¡Ah, *mademoiselle* Kagawa!, ¡es un placer encontrarla aquí! –exclamó Duvall, y se inclinó para besarle la mano.

Por encima de su calva, Reiko vio a Damion lanzarle una mirada amenazante. Temiendo que averiguara por qué le había insistido para que la invitara a la exposición, decidió darse prisa.

–Iré al grano, *monsieur* Duvall: hace seis meses estuvo usted en Kioto y adquirió una estatuilla de jade.

Sorprendido por el repentino giro en la conversación, el hombre hizo intención de soltar su mano, pero Reiko, que vio a Damion dirigiéndose hacia allí, lo retuvo, y mirándolo fijamente a los ojos le dijo:

–Esa estatuilla pertenece a mi cliente, y quiere recuperarla.

–Pagué un precio justo por ella.

–No, no es verdad. Es una reliquia de familia del siglo XII que vale al menos veinte veces más de lo que pago usted por ella. De hecho, se suponía que no debía haberse vendido. Mi cliente se la dio en prenda a un acreedor hasta que acabara de pagarle la deuda que tenía con él. Y ese acreedor se la vendió a usted por una mínima parte de su precio real para sacarse un dinero rápido.

–Eso no es problema mío.

Reiko le apretó la mano.

–Pues debería serlo, porque había otro comprador interesado en esa pieza, y cree que se la quitó delante de sus narices.

Le dijo el nombre de un conocido marchante de arte del mercado negro que carecía de escrúpulos; la clase de tipo dispuesto a llegar a límites extremos para conseguir las obras de arte que le interesaban.

Al ver a Pascale Duvall palidecer y mirarla con los ojos como platos, Reiko lo presionó un poco más.

–Tiene dos opciones: revenderme la estatuilla por el precio que la compró, o que yo difunda su nombre entre mi círculo de amistades y usted cargue con las consecuencias. De cualquier modo, la estatuilla no permanecerá mucho tiempo en sus manos.

Damion llegó junto a ellos justo en el momento en que le estaba poniendo su tarjeta en la mano del asustado Duvall.

–Espero que me llame pronto –le dijo con una sonrisa, y le soltó la mano.

–¿Qué está pasando aquí? –le preguntó Damion frunciendo el ceño mientras veía alejarse apresuradamente a Duvall hacia la salida–. Parece que hubiera visto un fantasma.

Reiko lo miró con fingida inocencia y sonrió.

–Solo estoy haciendo mi trabajo, y de paso presentándome a algunos de tus invitados.

Damion entornó los ojos.

–Si descubro que estás tramando algo...

Reiko le puso un dedo en los labios para interrumpirlo.

–Eres demasiado suspicaz. Relájate o te saldrá una úlcera en el estómago –le dijo dejando caer la mano.

–Te he visto antes hablando con mi abuelo.

Reiko le lanzó una mirada a Sylvain Fortier, que estaba charlando con un par de hombres.

–Sí –se mordió el labio.

–¿Y qué te ha dicho?

–Expresó su opinión... sobre los hombres y las mujeres.

Al recordar las palabras que había empleado, a Reiko se le encendieron las mejillas, y por supuesto Damion se dio cuenta.

–¿Qué dijo exactamente?

–Que los hombres sois unos estúpidos, cosa con la que, por cierto, no podía estar más de acuerdo, y que son las mujeres quienes dominan el mundo. Luego dijo que tú y yo estamos haciendo como que no nos sentimos atraídos el uno por el otro, pero que en el fondo estamos deseando arrancarnos la ropa y bailar tango desnudos –al ver la expresión de pasmo de Damion resopló y añadió–: Tranquilo, eso último ha sido una exageración por mi parte. Además, le he asegurado que ninguno de los dos está fingiendo, que no hay atracción alguna entre nosotros.

Damion la miró fijamente.

–¿Y te creyó?

–Da igual lo que crea. Es la verdad lo que cuenta.

Antes de que Damion pudiera contestar, sonó el móvil de Reiko, que lo sacó de su bolso agradecida por la interrupción. La sorprendió oír la voz de Pascale Duvall. Cuando le dijo a Damion que necesitaba atender esa llamada, él frunció el ceño, pero asintió con la cabeza y se alejó hacia donde estaba su abuelo.

Minutos después colgaba, tras acordar con Duvall cómo y cuándo se llevaría a cabo la venta y recogida de la estatuilla. Era evidente por su tono asustado que no quería atraer la atención de ese mafioso de Europa del Este con el que lo había amenazado.

Estaba empezando a notar molestias en la pelvis. Si no se quitaba pronto los zapatos iba a pasar otra noche horrible con un montón de dolores, así que tomó la decisión de marcharse ya.

Le pidió al portero de la galería que le dijese a Damion que se había ido y tomó un taxi.

–Reiko, despierta.

Reiko luchó por apartar las oscuras imágenes de la pesadilla que estaba teniendo, y al abrir los ojos se encontró con Damion acuclillado junto a ella, mirándola preocupado. Debía de haberse levantado de la cama porque llevaba una camiseta y un pantalón de chándal, como la noche anterior.

–¿Damion? –tragó saliva para intentar aliviar lo seca que se notaba la garganta–. ¿Qué haces aquí?

–¿Tienes dolores?

–No, estoy bien.

No tenía ninguna molestia, pero el corazón todavía le martilleaba en el pecho por el pánico que la atenazaba, a pesar de que solo había sido otra pesadilla.

Su respuesta no pareció disipar la preocupación de Damion.

–Pues cuando te fuiste de la exposición ibas cojeando –le dijo–. ¿Por qué te marchaste sin mí?

–Porque no eres mi niñera. Vuelve a la cama; te prometo que no me duele nada. Hice mis ejercicios antes de acostarme –Reiko se incorporó, apartando las sábanas revueltas, y bajó las piernas de la cama.

Damion fue al mueble bar, le sirvió un vaso de agua y se lo tendió. Reiko lo tomó, pero solo porque le pareció que rechazarlo habría sido grosero por su parte.

–¿Tienes pesadillas muy a menudo? –inquirió sentándose a su lado.

–No estaba teniendo ninguna pesadilla –mintió ella.

–Pues por los gritos que estabas dando lo parecía.

Reiko se encogió de hombros y bajó la cabeza para ocultar su sonrojo.

–Déjalo estar, Damion; no quiero hablar de ello.

–No es sano reprimir las emociones. Dime por qué crees que eres responsable de la muerte de tu padre. Ese accidente que tuviste... él estaba contigo, ¿no?

–¿Por qué será que tengo la impresión de que ya hemos pasado antes por esto?

–Me dijiste que hablaríamos después de la exposición, pero te marchaste antes de que pudiéramos hacerlo.

–Sí, y deberías haber captado la indirecta: no quiero hablar de ello.

–Está bien, si te ayuda, haremos como el otro día: yo responderé a una pregunta personal que me hagas y tú responderás a la que yo te he hecho.

Reiko quería preguntarle acerca de su relación con Isadora, pero a la vez prefería no saber nada. No cuando su imagen de él había mejorado un poco después de que la hubiese ayudado la noche anterior en el gimnasio y de que hubiese besado la cicatriz de su frente sin mostrar repulsión.

Tomó un trago de agua y dejó el vaso en la mesilla de noche.

–Hace solo unos días ni siquiera querías estar en la misma habitación que yo, y ahora quieres conocer la historia de mi vida –Reiko resopló–. Por tu forma de actuar, cualquiera diría que quieres llevarme al huerto –dijo riéndose con incredulidad.

Sin embargo, se le cortó la risa cuando Damion se quedó mirándola sin decir nada. Reiko sacudió la cabeza confundida.

–Pero ¿cómo...? Fuiste tú quien me dejó, ¿recuerdas?

–Yo mismo me he repetido eso una docena de veces –contestó él–, pero mi conciencia se ríe de mí.

–Pues repítetelo con más ahínco. No vas a utilizarme como quien se rasca cuando le pica. Entre nosotros no va a pasar nada.

–Yo diría que ya ha pasado algo. ¿O has olvidado el beso de anoche y necesitas que te refresque la memoria?

–Maldita sea, Damion; esto no funcionará. No... Las cosas no son tan simples.

–Explícate.

–No te debo ninguna explicación.

–Pues a mí me parece que alguna sí: Pascale Duvall se fue a toda prisa de la exposición. ¿Tuviste algo que ver con eso?

El repentino cambio de tema dejó descolocada a Reiko por un segundo.

—Tal vez —dijo intentando mantener una expresión y un tono neutrales.

Damion se pasó una mano por el cabello.

—Si guardas silencio en vez de hablar no llegaremos a ninguna parte. Tienes talento, Reiko, pero está visto que prefieres desperdiciarlo en...

—¡Eso será tu opinión! Lo que yo decida hacer con mi vida es asunto mío.

—¿Qué es lo que te resulta tan fascinante del mercado negro? ¿Es por el peligro? —inquirió él en un tono de censura.

Reiko se planteó por un momento revelarle la verdadera naturaleza de su trabajo, preguntándose si lo comprendería. Al fin y al cabo, Damion lo tenía todo: era guapo, rico... Hasta tenía un título nobiliario que se remontaba a la época medieval. Y solo tenía que chasquear los dedos para conseguir lo que se le antojaba.

¿Sería capaz de comprender la necesidad que llevaba a algunas personas a aferrarse a un objeto, no por su valor real, sino por su valor sentimental, porque era parte de su historia? ¿Comprendería que estuvieran dispuestos a gastarse hasta el último céntimo para recuperar esos objetos? Decidiendo que podía desvelarle al menos una parte, inspiró profundamente y le dijo:

—Después de la Primera Guerra Mundial, un grupo de empresarios viajó al sudeste asiático, supuestamente con el propósito de establecer una serie de negocios que darían empleo a miles de personas. Sin embargo, lo que en realidad pretendían era establecer un mercado negro de obras de arte. Veinte familias adineradas se convirtieron en su objetivo. A los cinco años, esas familias se habían quedado sin las obras de arte que llevaban siglos pasando de generación en generación. Y no solo eso; se quedaron en la ruina. Y los puestos de trabajo que habían prometido aquellos hombres jamás se materializaron. Aquellas familias quedaron destrozadas.

Con solo contar la historia se le hizo un nudo en la garganta. Tomó el vaso de la mesita y bebió un sorbo antes de dejarlo de nuevo sobre ella.

–Muchas de esas familias nunca se recuperaron de aquello –alzó la vista hacia Damion, que la instó a continuar con un asentimiento de cabeza.

–Mi bisabuelo no fue solo uno de los que se quedaron sin nada, sino que además fue una de las personas que convenció a las otras familias de que hicieran tratos con esos empresarios.

–¿Y cómo estás ayudando a esas familias exactamente?

–Recuperando las obras de arte que les robaron y devolviéndoselas.

–Así que esa es tu cruzada particular, te has convertido en una especie de Robin Hood, ¿eh? –esa vez no había censura en su voz.

–No pretendo parecer una heroína. Es solo que me parece que es lo correcto, y es algo que se me da bien hacer.

–Pascale Duvall... está en tu lista, ¿no?

Reiko decidió decirle la verdad.

–Ya no. Hemos llegado a un acuerdo.

–¿Y no temes que pueda intentar desquitarse?

–No tanto como él teme otras cosas.

Damion enarcó una ceja.

–¿Con qué le has amenazado?

–Tuve una conversación de tres minutos con él; si eso te parece mal, denúnciame.

Él se quedó callado, y, de pronto, Reiko fue consciente de que era más de media noche, que Damion estaba en su dormitorio, que había una cama cerca, y que la atracción que sentía por él superaba todos los límites.

La fuerza de aquellos pensamientos hizo que sus sentidos se desataran. El ya tenue olor de su colonia invadió sus fosas nasales, y se encontró escuchando el ritmo acompasado de su respiración mientras lo devoraba con los ojos.

Como si pudiera leerle el pensamiento, Damion bajó la vista a su boca, y entreabrió ligeramente los labios. A Reiko se le cortó la respiración, y el pulso empezó a martillearle en los oídos. De pronto se sentía algo mareada. Suerte que no estaba de pie.

–Damion...

–Pregúntame lo que quieras.

–¿Qué?

–Tenemos pendiente una conversación a medias; te toca: pregúntame lo que quieras.

Por un lado, lo que quería era decirle que se fuera al infierno, pero por otro sí que había preguntas que quería hacerle; un millón de preguntas. Se lamió los labios, y vio cómo los ojos de Damion se oscurecían.

–¿La amabas?

Aquella pregunta rompió el silencio y pareció rebotar en cada pared de la habitación antes de caer entre los dos, como una bomba de relojería a punto de explotarle en la cara.

–¿Que si amaba a Isadora? ¿Eso es lo que quieres saber?

Había un matiz gélido en su voz, pero él le había dado permiso para que le preguntara lo que quisiera. Reiko asintió vacilante y Damion apretó los labios.

–No, no la amaba.

La rotundidad de su respuesta la hizo estremecer.

–¿Y ella lo sabía?

–Fui sincero con ella, pero prefirió creer que mis palabras eran... maleables.

–¿O sea que estuviste con ella solo por el sexo?

Igual que había hecho con ella, pensó Reiko, sintiendo una punzada en el pecho.

–Estaba buscando una vía de escape, y ella me la proporcionó.

–¿Y eso era lo único que te importaba, satisfacer tus necesidades? –le espetó Reiko–. Y supongo que cuando ya no la necesitaste hiciste lo que mejor sabes hacer: la dejaste tirada y seguiste alegremente tu camino, sin preocuparte por el dolor que pudieras haberle causado.

Los ojos grises de Damion se oscurecieron de nuevo. Reiko lo vio apretar un puño, como si estuviera intentando controlarse, y se preguntó si habría ido demasiado lejos.

Sin embargo, Damion suspiró lentamente y abrió la mano.

–Imagino que esa es la impresión que da, visto desde fuera. Pero a veces las apariencias engañan.

–Te aseguro que soy muy consciente de eso, pero acabas de reconocer que no la amabas, así que lo que parece es que solo estabas con ella por el sexo. Aunque el sexo con ella debía de ser fabuloso, teniendo en cuenta que estuviste con ella un año entero.

Mientras que a ella solo la había considerado digna de un mes y medio. Una ira irracional se apoderó de ella, y sintió un impulso de abofetearlo, pero en vez de eso se puso de pie.

Damion se levantó también.

–Aún no hemos terminado.

Reiko se apartó de él.

–Es más de medianoche y ya hemos tenido nuestro pequeño *tête-à-tête*, como querías, aunque, francamente, no sé qué de qué ha servido.

–Es más que un *tête-à-tête*, Reiko. La atracción que había entre nosotros sigue estando ahí; no puedes negarlo.

–Aunque estuviera siquiera remotamente de acuerdo... y no lo estoy, no va a haber una segunda parte de lo que hubo entre nosotros hace cinco años.

–Pareces muy convencida de eso, pero cuando nos besamos anoche tu cuerpo me decía algo muy distinto.

–Me pillaste en un momento débil.

–Lo malo de los momentos débiles, *chérie*, es que tienen la mala costumbre de volverse recurrentes.

Extendió los brazos hacia ella, pero Reiko estaba alerta y se apartó de él. Damion parpadeó.

–¿Qué pasa?, ¿no quieres que te lo demuestre? ¿O es que no te fías de tu reacción?

–Solo pretendo ahorrarte tiempo y esfuerzos inútiles.

Quizás fuera el tono rotundo en que lo había dicho, o quizá el amargo cansancio que no podía ocultar; fuera lo que fuera, Damion pareció darse cuenta de que hablaba en serio porque entornó los ojos y le preguntó:

–¿Por qué «inútiles»?

–Porque aunque quisiera algo contigo, Damion, no puedo acostarme contigo; soy incapaz de tener relaciones.

Capítulo 8

TRAS revisar su pasaporte, el empleado del aeropuerto japonés de Itami se lo devolvió a Reiko.

–*Arigato* –dijo ella, y Damion y ella se encaminaron hacia la salida.

Cuando cruzaron las puertas, se detuvo e inspiró profundamente. Damion se detuvo también y le puso una mano en la espalda.

–¿Estás bien?

Reiko rehuyó la mirada confundida de Damion.

–Mejor que bien; es estupendo volver a estar en casa.

Desde que había dejado caer la bomba, veinticuatro horas atrás, la había estado mirando de ese modo. Le sorprendía que no hubiese intentado sonsacarle más información, y aunque el hecho de que hubiese perdido interés en ella tan deprisa debería haberla hecho sentirse aliviada, no hacía sino recordarle la facilidad con que la había dejado cinco años atrás. Desterró esos dolorosos pensamientos a un oscuro rincón de su mente al ver una limusina negra detenerse frente a ellos.

Damion le puso de nuevo la mano en la espalda y la empujó suavemente hacia el vehículo.

–¿Qué haces? –le preguntó volviéndose hacia él.

Damion parpadeó.

–Esperar a que subas al coche; he pedido que vinieran a recogernos.

–Será a ti; yo voy a tomar un taxi. Vivo a solo diez minutos de aquí.

–Ya lo hemos hablado, Reiko: no voy a dejar que te separes de mí.

–¿Qué?, ¿no irás a decirme que tienes un apartamento en la ciudad?

–Naturalmente. Hago negocios muy a menudo por
todo Japón. Además, como he dicho, tenemos un trato:
hasta que el cuadro esté en mi poder te quedarás conmigo.

Cuando uno de sus contactos la había llamado para
informarle de que la pista de *Femme sur plage* lo había
llevado hasta a un coleccionista japonés, había creído
que Damion dejaría que se ocupase de todo, pero había
insistido en viajar a Japón con ella, y parecía que no
tendría más remedio que hacer las cosas a su manera si
quería acabar lo antes posible con aquello.

El chófer, que se había bajado del vehículo, le abrió
la puerta, pero justo antes de que entrase Damion se
acercó a ella por detrás y poniéndole de nuevo la mano
en la espalda le susurró al oído:

–Además, no he olvidado lo que me dijiste anoche.
Me debes varias explicaciones, *ma fleur*, así que no vas
a conseguir escapar de mí tan fácilmente.

Reiko sintió que un escalofrío le recorría la espalda
cuando se metió en el coche. Damion entró detrás, y sus
ojos permanecieron fijos en ella mientras salían a la autopista.

Finalmente, Reiko se atrevió a mirarle.

–Creía que habías decidido dejarlo estar.

Los labios de Damion se curvaron en una sensual
sonrisa que mostraba una firme determinación.

–Anoche estabas cansada y agitada; necesitabas un
respiro. Pero eso no significa que me haya olvidado o
que haya perdido el interés en ti.

El pulso de Reiko se aceleró, pero estaba segura de
que cuando Damion supiera lo que le había hecho aquel
accidente pondría pies en polvorosa.

–Hace cinco años la química que había entre nosotros era increíble. Y por mucho que quieras huir de ella,
sigue estando ahí. Lo que dijiste fue como lanzar una

granada a mi regazo. ¿Me culpas por querer hacer algo al respecto? ¿Qué harías tú en mi lugar?

Reiko no pudo reprimir una sonrisa.

–La tiraría por la ventana que tuviera más cerca y saldría corriendo como alma que lleva el diablo –bromeó. Pero luego, al recordar de lo que estaban hablando, se puso seria–. En serio, Damion, no sé por qué insistes; no soy la mujer a la que conociste hace cinco años.

La sonrisa se borró lentamente de los labios de él.

–No, no lo eres. Pero quizá te he juzgado mal.

Reiko sintió una punzada en el pecho.

–No es verdad. Acepté tu dinero...

–Y acto seguido se lo entregaste a una asociación benéfica.

Reiko se quedó mirándolo boquiabierta.

–Damion, no me subas a los altares; soy tan despreciable como crees que soy.

Las cosas que había hecho después de que él la dejara...

–Los dos hemos hecho cosas de las que no nos sentimos orgullosos, pero no hay nada que no se pueda perdonar –replicó él.

El nudo que se le hizo a Reiko de repente en la garganta le impidió articular palabra, pero sacudió la cabeza, y cuando no pudo soportar más la intensa mirada de Damion giró la cabeza hacia la ventanilla, y de inmediato los puntos más emblemáticos de Kioto por los que pasaban la hicieron sentir mejor: el Palacio Imperial, el Castillo Nijo... Incluso el olor a pescado del mercado de Nishiki la hizo sentir que estaba de nuevo en casa, y los ojos se le humedecieran.

La profunda voz de Damion la sacó de sus pensamientos.

–Bueno, ¿y cuál es el plan?

Como en respuesta a su pregunta, el teléfono de Reiko emitió un sonido: le había llegado un mensaje. Aliviada por la interrupción, pulsó un botón para leerlo.

–Esta noche salimos –anunció–. Vamos a encontrarnos con mi contacto en un club del barrio de Gion.

Reiko tomó un sorbo de su bebida e intentó no mirar a su derecha, donde estaba sentado Damion con un brazo apoyado en el respaldo del sillón del reservado, y la chaqueta de cuero abierta, dejando a la vista la camisa negra que tan bien se ajustaba a su ancho torso. Aunque estaba dejando que hablase ella, como le había pedido, la estaba volviendo loca mirándola fijamente, y cuando ya no pudo resistir más su intensa mirada giró la cabeza hacia él y enarcó las cejas. «¿Qué crees que estás haciendo?». Sus labios se curvaron en una sonrisa increíblemente sexy, y al mover el brazo y rozarle la espalda, ella casi dio un respingo.

Sentado frente a ella, Yoshi Yamamoto, el contacto con el que habían ido a reunirse, que era también un viejo amigo, esbozó una sonrisa socarrona.

–¿A qué viene esa sonrisita? –le preguntó ella en japonés, tratando desesperadamente de hacer que los latidos de su corazón se calmasen.

La sonrisa de Yoshi se hizo más amplia.

–Te conozco desde que tenías seis años, Rei, y nunca te había visto tan nerviosa por causa de un hombre. Y menos por un ex, que por cierto es bastante estirado.

Reiko sintió que se le subían los colores a la cara, y en ese momento agradeció la tenue iluminación del local.

–¡Cállate! No estoy nerviosa. Y no es estirado. Es... francés.

–Y me da que podría pagar unos cuantos millones por varias obras de arte alemanas. Si me ayudas a convencerlo, nos repartiremos a medias la comisión que me lleve de la venta.

–No creo que esté interesado. Y no lo subestimes; si intentas engañarle, se dará cuenta de inmediato.

Damion sonrió.

–¡Vaya, y ahora lo defiendes! Estás coladita por él, ¿eh?

–Pero ¿qué dices? –Reiko resopló–. No he venido aquí para que te diviertas a mi costa, Yoshi. ¿Tienes la información que necesito?

Yoshi se puso serio y asintió. A Reiko le pareció notar que Damion se tensaba, pero cuando le lanzó una mirada lo vio perfectamente calmado.

–La liebre saltó hace unas semanas, cuando tu amiguito aquí presente empezó a buscar el cuadro. Por ahí se dice que está dispuesto a pagar lo que sea para recuperarlo –Yoshi posó sus ojos brevemente en Damion antes de mirarla a ella de nuevo–. Y supongo que el hecho de que esté aquí lo confirma.

Reiko no contestó a eso.

–¿Qué sabes de quien compró el cuadro?

Yoshi dio unos golpecitos con el dedo en su teléfono móvil, que estaba en la mesa, frente a él.

–Dentro de quince minutos debería recibir una llamada con esa información.

En ese momento una mujer vestida de un modo provocativo se acercó a su mesa. Se sentó junto a Yoshi y se puso a jugar con su pelo mientras él le acariciaba distraídamente el muslo. Sin embargo, los ojos de la mujer no dejaban de desviarse hacia Damion, y Reiko sintió que la devoraban los celos. Miró a Damion, temerosa de que lo hubiera notado, y lo encontró mirándola fijamente.

–Con las chispas que saltan entre tu amigo y tú os diría que pidáis una habitación, pero como este es un club respetable, ¿por qué no le sacas a bailar antes de que me dé una descarga eléctrica con toda esa tensión sexual que hay entre vosotros? –le sugirió Yoshi, atrayendo a su chica hacia sí–. Iré a buscarte cuando reciba esa llamada.

–Me parece una gran idea –respondió Damion de pronto en un perfecto japonés.

Reiko se quedó mirándolo boquiabierta, y oyó a Yoshi reírse y decirle a Damion: «¡Bien jugado, amigo», mientras intentaba recordar, frenética, todo lo que había dicho desde que habían empezado a hablar. ¡Ay, Dios! ¿Habría dicho algo que no quería que Damion oyera?

Cuando él la tomó de la mano y la hizo levantarse lo siguió a la pista todavía aturdida, y finalmente fue la sonrisa divertida de Damion cuando la rodeó con sus brazo lo que le soltó la lengua.

—¡Tú...! ¡Hablas japonés! ¡Y no me habías dicho nada! —lo reprendió.

—Ya te he dicho que hago muchos negocios aquí en Japón. Y creo que me conoces lo bastante como para saber que me gusta jugar con ventaja —respondió él mientras bailaban—. De modo que no soy un estirado, sino que soy... ¿francés?

Reiko se sonrojó.

—Estaba intentando ser educada; ahora veo que no debería haberme molestado.

—¿Qué me habrías llamado de haber sabido que podía entender lo que estabas diciendo?

—Arrogante, prepotente, testarudo...

Damion se rio suavemente. Teniéndolo así de cerca, Reiko podía sentir el calor de su cuerpo y la gracia y la precisión de sus movimientos. Bailaba igual de bien que en sus sueños. Al pensar en eso, y recordar el erotismo que los impregnaba, se le encogió el estómago de deseo.

Quería apartar la vista de él, pero le era imposible; el magnetismo animal de Damion la tenía cautiva.

Bailaron durante lo que le parecieron horas, aunque en realidad apenas debieron de ser diez minutos.

—Bailas francamente bien —murmuró Damion junto al lóbulo de su oreja—. Debería haberte llevado a bailar hace cinco años.

Aquel recordatorio de lo que había habido entre ellos fue como un jarro de agua fría.

–Hay muchas cosas que deberías haber hecho hace cinco años.

Intentó apartarse de él, pero Damion la retuvo y señaló con la cabeza el reservado, ignorando su mirada furibunda.

–Creo que tu amigo ya tiene esa información.

Reiko miró hacia allí y vio que Yoshi estaba hablando por el móvil y apuntando algo en un papel. La mujer se había ido.

Cuando llegaron a la mesa, Yoshi, que ya había colgado, se puso de pie y les tendió el papel. Damion rodeó la cintura de Reiko con una mano y antes de que ella pudiera hacerlo tomó el papel con la otra y le dio las gracias en japonés a Yoshi.

Reiko inspiró profundamente, conteniendo su irritación, y sonrió a su amigo.

–Gracias por tu ayuda, Yoshi.

Él agitó la mano en el aire.

–Te debía un favor por ese soplo que me diste hace dos meses sobre el jarrón Quialong. Considéralo una cortesía.

Damion le tendió su tarjeta.

–Siempre estoy interesado en adquirir nuevas piezas para mis galerías. Si esas obras de arte alemanas han sido adquiridas con todas las garantías legales, póngase en contacto conmigo.

Yoshi dejó escapar un silbido y después de darle las gracias se metió la tarjeta en el bolsillo, se despidió de ellos y se alejó, mezclándose con la gente.

Capítulo 9

QUÉ TAL son los contactos que tienes en Europa del Este? –le preguntó Damion a la mañana siguiente, mientras acababan de desayunar.

Reiko alzó la vista de la caja que contenía la estatuilla de jade que le había enviado Pascalle Duvall después de que le reembolsara lo que había pagado por ella.

–Los mejores que hay en el negocio. ¿Por qué?

–Porque quiero que reconsideres mi oferta de trabajo –Damion levantó una mano cuando ella abrió la boca para protestar–. Estoy pensando en abrir también galerías en Europa del Este. Además, a mi gente le llevó demasiado tiempo encontrar a los legítimos propietarios de esas muñecas rusas. Quería pedirte que te valieras de tus contactos para verificar el valor de las piezas que adquiero.

–Seguro que tienes a mil empleados que pueden hacer eso.

Damion ignoró su comentario y cuando le dijo lo que le pagaría Reiko se quedó boquiabierta. Con todo ese dinero podría hacer muchísimo por gente como los compañeros de su grupo de terapia. Sin embargo, cuando Damion alargó el brazo y le levantó la barbilla con el dedo para que lo mirara a los ojos, la inundó una ola de calor, seguida de suspicacia.

–¿No estarás haciéndome esa oferta porque esperas que acabe en tu cama, verdad?

–Acabarás en ella aceptes el trabajo o no.

La prepotencia de Damion la dejó boquiabierta de nuevo, pero no se molestó en contradecirle. Estaba empezando a darse cuenta de que no servía de nada. En vez de eso se levantó, se colgó el bolso del hombro, tomó la caja de la estatuilla y se dirigió hacia el vestíbulo.

Damion llegó antes que ella y le abrió la puerta con una sonrisa que hizo que al mismo tiempo le entrasen ganas de besarlo y de estrangularlo.

–¿Sabes? –le dijo cuando salieron a la calle, donde estaba esperándolos la limusina–, estoy pensando que puede que acepte tu oferta.

Damion sonrió.

–¡Bravo, *ma chérie*!

–¿Qué se supone que significa eso?

–Pues que no le tienes tanto miedo como creía a la atracción que hay entre nosotros.

–O puede que me tiente demasiado la idea de aumentar mi cuenta bancaria sin demasiado esfuerzo.

Cuando hubieron subido al coche, Damion dejó la caja en el asiento opuesto y atrajo a Reiko hacia sí.

–Si estás intentando repelerme haciéndome creer que solo te mueves por dinero, no olvides que sé lo que hiciste con el millón de dólares que te di hace cinco años –le dijo–. De hecho, estoy seguro de que piensas hacer lo mismo con el dinero de las comisiones que te lleves, y que probablemente esa es la misma razón por la que has liquidado la mayor parte de tus activos –el gemido de sorpresa de Reiko le hizo sonreír con petulancia–. Acabas de confirmármelo. ¿En qué has empleado el dinero exactamente?

Reiko se humedeció los labios.

–En un fondo para víctimas de desastres naturales y provocados por el hombre –murmuró.

Damion se quedó callado unos segundos, y de repente le puso una mano en la nuca y la atrajo hacia sí para besarla. El beso fue tan devastador como el de la noche anterior e igual de ardiente.

Cuando su mano se cerró sobre uno de sus senos, la sensación fue tan intensa, tan excitante, que estuvo a punto de subirse a su regazo y pedirle que no parara, pero en vez de eso se obligó a despegar sus labios de los de él y echarse hacia atrás.

Los ojos de Damion, oscurecidos por el deseo, descendieron a su boca.

—¿A qué ha venido eso? —inquirió ella sin aliento.

—Solo ha sido un beso; uno de los muchos que formarán parte de mi artillería.

Reiko cerró los ojos y exhaló temblorosa. Ni siquiera cuando Damion le tomó la mano e imprimió un reguero de besos por la palma fue capaz de abrir los ojos de nuevo. Los besos de Damion la hacían sentirse débil y necesitaba todas sus fuerzas para luchar contra él.

—¿Podemos irnos ya, por favor? —le pidió, abriendo los ojos finalmente—. No quiero llegar tarde.

—*Certainement*. ¿Cuál es la dirección?

Reiko sacó el papel donde la había apuntado, se la dio, y Damion se la pasó al chófer.

A Reiko se le había hecho un nudo en la garganta al devolver la estatuilla de jade a su propietaria, a cuya familia había pertenecido durante incontables generaciones, y después de dejar a la agradecida mujer esa emoción pertenecía.

—Acabas de demostrar mi teoría —le dijo Damion cuando se alejaban en el coche.

—¿Qué teoría?

—Que no haces esto por dinero.

Reiko se encogió de hombros.

—Le había dado mi palabra de que encontraría esa estatuilla y se la devolvería. Ella confiaba en mí y no podía defraudarla.

—¿En quién confías tú, Reiko?

—¿Perdón, cómo dices?

—Si te abrieras un poco, no seguirías cargando con ese peso que llevas sobre tu alma.

Reiko lo miró indignada.

—¿Cómo te atreves a...?

—Creo que estás manteniéndome a distancia porque tienes miedo a confiar en tu instinto.

—Nos amenazaste a Trevor y a mí con la cárcel si no hacía lo que querías. Y hace cinco años me dejaste y te alejaste sin mirar atrás. ¿Todavía crees que debería confiar en ti?

—He cumplido con mi parte del trato: dejé tranquilo a Ashton. Es más: a día de hoy, el total de sus deudas asciende a cero.

Reiko parpadeó sorprendida.

—¿Has...? ¿Por qué harías algo así?

—Porque contigo en la cárcel no iba a conseguir lo que quiero: a ti.

—¿Has pagado las deudas de Trevor con la esperanza de que acceda a que nos demos un revolcón?

Damion la miró con desagrado.

—Cuando te sientes acorralada, te expresas de un modo muy burdo.

Reiko se rio con sorna.

—¿Acorralada?

—Sí. Me da la impresión de que lo que pasa es que no eres capaz de afrontar la atracción que hay entre nosotros. Por eso pones barreras constantemente.

—¡Mejor eso que lo que hiciste tú! —le espetó ella.

Damion se puso rígido.

—¿A qué te refieres?

—¿Que a qué me refiero? —le espetó ella—. ¡Tuviste una aventura de un año con una mujer casada! ¡Una mujer casada y con dos hijas! —le causaba repugnancia el solo hecho de pensarlo.

Las apuestas facciones de Damion se endurecieron.

—No creas que sabes lo que...

—¡Oh, venga ya! Todo el mundo sabe que destruiste el matrimonio de Isadora Baptiste, y que la dejaste tirada cuando te cansaste de ella. ¿Es verdad que durante seis meses no le dejaste ver a sus hijas?

Damion apretó la mandíbula.

—No, no es verdad.

—Podías haber tenido a la mujer que quisieras, Damion; ¿por qué tuviste que destrozar una familia?

—Yo no...

—¿Sabes qué? Ni siquiera es asunto mío; igual que mi vida no es asunto tuyo —le cortó ella, y golpeó la mampara con los nudillos para pedirle al chófer que parara.

—¿Qué diablos estás haciendo? —le preguntó Damion.

—Irme a mi casa. Y no sé cuándo volveré, así que no me esperes levantado.

Se bajó del vehículo y, furiosa como estaba, se unió a la multitud de gente que caminaba por la calle. Caminó y caminó detrás de la gente sin mirar por dónde iba, bajó unas escaleras, y no fue hasta que oyó un ruido que hizo que se le erizara el vello cuando se dio cuenta de que estaba en una estación de metro, a solo unos pasos del andén.

El pánico se apoderó de ella. Desesperada, intentó retroceder, pero el tren estaba entrando en la estación y la marea de gente la empujó hacia delante. «¡No!». Como si no tuviera control sobre sus movimientos, entró en el tren cuando las puertas se abrieron, arrastrada por la muchedumbre.

Paralizada por el miedo, se aferró a la barra que tenía más cerca. No iba a ponerse histérica; llegarían a la próxima parada en solo unos minutos...

—No vuelvas a hacerme correr detrás de ti así.

La profunda voz que oyó detrás de ella hizo que el corazón, que parecía querer salírsele del pecho, le diese un vuelco. Se volvió, y se encontró a Damion frente a ella, sus ojos grises mirándola furiosos, y su pecho subiendo y bajando como si hubiese corrido un maratón.

–Como vuelvas a hacerme esto... –Damion se quedó callado al ver que estaba lívida, con los ojos como platos, como un animalillo asustado, y que no dejaba de morderse el labio–. Reiko, ¿estás bien? –inquirió frunciendo el ceño.

Ella apretó los labios y sacudió la cabeza. Damion la rodeó de inmediato con un brazo, envolviéndola con el calor de su cuerpo, y el aroma de su loción para el afeitado inundó sus fosas nasales. Necesitada de su fuerza más que nunca se aferró él y alzó el rostro para mirarlo. Damion esbozó una sonrisa preocupada.

–Nos bajaremos en la próxima parada, llamaré a mi chófer y le pediré que nos lleve a tu casa. Y cuando estemos allí hablaremos. No más excusas. Es hora de derribar de una vez por todas los muros que nos separan.

Damion apenas pudo disimular su alivio cuando ella se apoyó en él, sin rechistar, pero se le encogió el corazón de saber que verdaderamente Reiko tenía un problema.

El apartamento de Reiko era amplio, luminoso, y estaba decorado con buen gusto. Alfombras de inspiración oriental cubrían los suelos de madera, y de las paredes colgaban cuadros de pintura china y japonesa.

Después de dejar el bolso en una mesita del recibidor, Reiko llevó a Damion al salón y sacó del mueble bar una botella de sake y un par de vasos. Le indicó con un ademán que tomara asiento en el sofá y se sentó junto a él. Les sirvió sake a ambos y le tendió un vaso.

Tomaron un trago y se quedaron callados un buen rato, cada uno en sus pensamientos.

–¿Estás dispuesta a abrirte y contarme lo que te pasa? –preguntó después Damion, rompiendo el silencio.

Reiko bajó la vista a su vaso.

–Estoy segura de que en cuanto descubras lo que se

esconde bajo la punta del iceberg saldrás corriendo –murmuró, y una sombra de dolor cruzó por su rostro.

Damion apretó la mandíbula.

–Estás volviendo a presuponer cosas, Reiko. ¿Qué pasó en el metro? Estabas muy agitada.

Ella tomó un largo trago de sake y cerró los ojos con fuerza un momento antes de volver a abrirlos y exhaló un suspiro tembloroso.

–Mi padre... Hubo un accidente... hace dos años... Sucedió en un tren camino de Osaka.

Damion tomó su mano y se la apretó.

–Si tu padre murió en un accidente de tren, ¿por qué te culpas de su muerte?

Reiko tragó saliva.

–Yo le... le obligué a tomar ese tren conmigo. Él no quería ir. Lo chantajeé para que lo hiciera.

–¿Cómo?

Reiko se lamió los labios, presa de una tremenda ansiedad por lo que estaba a punto de revelarle.

–Yo... Él quería que yo... que hiciese algunos cambios en mi vida. Pero le dije que no lo haría hasta que se hubiese reconciliado con mi madre. Llevaban separados seis meses. Había venido a decirme que iba a divorciarse de ella, y yo no quería que lo hiciera.

Damion contrajo el rostro.

–No todos los matrimonios funcionan; a veces lo que está roto no se puede arreglar y es mejor para ambas partes que cada uno siga su camino.

–Lo sé, pero... ¡eran mis padres! Mi madre no es la más maternal de las mujeres, ni tampoco fue la mejor de las esposas, pero a pesar de sus defectos quería a mi padre a su manera, y él la quería también. El caso es que mi padre finalmente accedió a que lo volvieran a intentar.

Damion sacudió la cabeza.

–El matrimonio es algo complicado. Mis padres siguieron juntos a pesar de sus problemas, y eso fue lo que los mató.

Reiko lo miró sin comprender.

–¿Qué quieres decir?, ¿qué les pasó?

Los ojos de Damion se oscurecieron.

–La obsesión fue lo que acabó con sus vidas. Estaban malditos por la obsesión de mi padre.

Ella se quedó mirándolo aún más confundida.

–¿Qué...?

Damion agitó la mano en el aire.

–Dejemos los sórdidos detalles de mi infancia para otro momento. Estabas contándome qué ocurrió.

Reiko inspiró profundamente y continuó:

–Yo estaba viviendo en Osaka y mi padre había venido a verme. Odiaba los trenes, pero yo le había insistido en que tomáramos el tren para volver a Tokio, donde estaba mi madre, porque en coche habríamos tardado más –le dijo, sintiendo una punzada de dolor en el pecho–. A los veinte minutos de trayecto, el tren chocó en un túnel. Estuvimos dos días atrapados. Mi padre sujetó mi mano todo el tiempo, y cuando finalmente tuve el valor de pedirle perdón ya había muerto. Cuando mi madre se enteró me culpó de su muerte. Desde el accidente solo he vuelto a verla dos veces.

No se dio cuenta de que estaba llorando hasta que Damion le tendió un pañuelo de papel, y cuando la rodeó con sus brazos las lágrimas se sucedieron aún más deprisa.

–Esas pesadillas que tienes... ¿tienen que ver con el accidente? –le preguntó él.

Reiko asintió contra su pecho.

–A veces veo a mi padre muriendo; otras veces estoy atrapada en un amasijo de hierros y no puedo llegar hasta él, pero sí, siempre tienen que ver con el accidente.

–Y supongo que tu terapeuta, si es una buena terapeuta, te habrá dicho que, a pesar de lo que piense tu madre, la muerte de tu padre no fue culpa tuya.

La cálida nota de compasión en su voz hizo que las

lágrimas empezaran a rodar de nuevo por las mejillas de Reiko.

–No importa lo que diga nadie; me comporté de un modo egoísta. No fui capaz de ver más allá de lo que yo quería. No quería admitir que mis padres tal vez estuvieran mejor el uno sin el otro. Sé que, aunque mi padre quería a mi madre, solo iba a intentar reconciliarse con ella porque yo se lo había pedido –le explicó–. También le hice creer que el estilo de vida que había adoptado en esa época era culpa suya de algún modo.

–¿Qué estilo de vida?

A Reiko el corazón le dio un vuelco y empezó a golpearle contra las costillas como un martillo. Reiko abrió la boca para responder, pero no fue capaz de pronunciar las palabras. Sentía demasiada vergüenza.

–¿Qué estilo de vida? –inquirió él de nuevo.

Reiko notó la tirantez en su voz, y cuando lo miró vio tensión en sus hombros. Se humedeció los labios de nuevo.

–Las fiestas... los hombres...

El silencio que siguió a sus palabras palpitaba en el aire. Damion apretó los puños.

–¿Cuántos hombres hubo? –inquirió finalmente.

–Damion...

–¿Cuántos?

Cuando Reiko le dijo la cifra, Damion se puso lívido y le vio tragar saliva. La mirada en sus ojos hizo a Reiko desear que la tragara la tierra. Damion se levantó, y sin decir una palabra abandonó el apartamento.

Reiko no habría sabido decir cuánto tiempo permaneció paralizada en el sofá, pero sabía que debía de ser mucho porque se notaba la garganta en carne viva de tanto llorar, y porque el salón se había quedado en penumbra.

Damion se había ido, tal y como había predicho. Debería sentirse aliviada; peor habría sido que hubiese seguido presionándola y hubiesen acabado en la cama. No habría podido soportar verlo apartarse de ella repugnado al ver sus cicatrices, igual que le había asqueado que hubiese reconocido que había estado con muchos hombres después de que la dejara.

Se llevó una mano a la cicatriz de la frente y nuevas lágrimas rodaron por sus mejillas al recordar que Damion la había besado hacía solo unos días.

Lástima, lo había hecho solo por lástima. Se masajeó las sienes con los dedos, y de pronto oyó el timbre de la puerta. Dejó caer las manos y giró la cabeza hacia el vestíbulo. Volvieron a llamar.

–¡Reiko, abre la puerta! –ordenó la voz de Damion al otro lado.

Ella se puso de pie y fue hasta allí tambaleándose ligeramente. Se pasó una mano temblorosa por la cara para secarse las lágrimas, encendió la lámpara que tenía más cerca y abrió la puerta.

–¿Qué quieres, Damion? ¿Por qué has vuelto?

Él entró sin esperar a que lo invitara a pasar, cerró detrás de él, y levantó una botella de vino tinto que llevaba en la mano.

–Ese sake que me has puesto es una afrenta para el paladar. Me pareció que necesitábamos algo que no supiera a matarratas.

–¿Te marchaste... para ir a comprar vino?

–No es un vino cualquiera, *ma belle* –dijo mostrándole la etiqueta de la botella–: es un burdeos.

Su tono sonaba despreocupado, pero había tal determinación en su mirada que a Reiko se le cortó el aliento.

–Damion...

–No hemos acabado de hablar –la interrumpió Damion. Fue hasta el sofá y dejó la botella en la mesita–. Ven a sentarte, Reiko.

Cuando se hubieron sentado, ella lo miró a los ojos y le preguntó:

–¿Vas a decirme el verdadero motivo por el que te marchaste?

Damion apretó los labios, y Reiko creyó que no iba a contestar, pero se pasó una mano por el cabello y dijo:

–A la mayoría de los hombres no les gusta imaginar con otros hombres a una mujer con la que han hecho el amor, pero en mi caso el solo hecho pensarlo me vuelve loco.

Reiko parpadeó sorprendida.

–¿De verdad?

Damion posó su intensa mirada en ella.

–¿Recuerdas lo que te dije antes sobre la obsesión de mi padre?

Reiko asintió vacilante.

–Mi padre sufría de comportamiento obsesivo, igual que mi abuelo mientras mi abuela vivió. Y últimamente no hago más que pensar que es posible que yo vaya por el mismo camino en lo que a ti se refiere.

Un gemido ahogado escapó de los labios de Reiko.

–¿Estás diciendo que me quieres?

Damion se rio con ironía.

–Nunca confundas la obsesión con amor, Reiko. Mi padre cometió ese error, y eso fue lo que hizo que mi infancia fuera un infierno.

–¿Qué ocurrió?

–Yo era el peón que mi padre usaba para intentar mantener a raya a mi madre. Estaba atrapada en un matrimonio que no quería, y él se negaba a darle el divorcio porque creía que ella le pertenecía. Acabó matándola y luego se quitó la vida –al oír el gemido de espanto de Reiko, Damion esbozó una sonrisa amarga–. Cuando me fui a vivir con mis abuelos, me engañé creyendo que las cosas cambiarían, pero no fue así. Mi abuela me utilizaba para cubrir sus infidelidades. No te diré el número de veces que llegué tarde al colegio porque ella necesitaba ver a «un amigo». Mi abuelo lo sabía, pero se lo perdonaba todo. Y, cada vez que ocurría, yo veía el daño que le hacía.

–Os vi juntos en la exposición. Me dio la sensación de que estáis muy unidos.

Damion bajó la vista.

–Había momentos en que, cuando mi abuela no estaba, parecía un hombre distinto. Eso hacía que esos otros momentos de pesadilla fueran más fáciles de soportar.

Varias de las piezas del complejo puzle que era Damion empezaban a encajar en la mente de Reiko.

–¿Por eso estás intentando recuperar el cuadro, aunque detestabas a tu abuela?

Damion tomó la botella de la mesa y rompió el precinto que la cerraba.

–El último deseo de mi abuelo es que lo entierren con *Femme sur plage*, y, si eso es lo que quiere, no voy a interponerme.

La rotundidad con que había pronunciado esas palabras le dijo a Reiko que con eso pretendía dar por terminado el tema, pero aún había cosas que necesitaba saber. Carraspeó y le preguntó:

–Entonces... ¿tú estás obsesionándote conmigo?

Los dedos de Damion se detuvieron, dejó caer las manos, y se giró para mirarla.

–Espero que no, porque eso no sería nada bueno para ninguno de los dos.

De pronto Reiko se notaba la garganta seca.

–¿Por... por qué?

Damion clavó sus ojos en los de ella.

–Nunca me has preguntado cómo descubrí que estabas con otro.

Reiko tragó saliva.

–¿Cómo lo descubriste?

La risa seca de Damion resonó en el salón en penumbra.

–Volví dos semanas después de marcharme porque no podía dejar de pensar en ti. Me dijeron que habías ido a tu pub favorito en Tokio. Estabas en un rincón, besándolo, y cuando os fuisteis, os seguí –se encogió de hombros cuando Reiko emitió un gemido ahogado–. Cuando vi que lo llevabas a tu apartamento, sentí deseos de mataros a los dos. Fue entonces cuando supe que debía mantenerme alejado de ti.

–¿Y ahora?

El rostro de Damion se ensombreció.

–No puedo soportar imaginarte con otros hombres, pero odiarte por haber estado con otros sería una hipocresía por mi parte.

–Damion...

–¿Fue por mi culpa? ¿Te acostaste con ese tipo porque te había dejado? –le preguntó él crispado.

Esa era la pregunta que ella más había estado temiendo. Si la contestaba, estaría revelándole hasta qué punto tenía poder sobre ella, pero no podía mentirle.

–Sí. Estaba destrozada porque me habías mentido, porque me habías ocultado quién eras, y porque me diste ese dinero después de la muerte de mi abuelo, como si para ti lo nuestro hubiese sido un embarazoso error. Te odiaba, pero creo que me odiaba más a mí misma. Solo me acosté con él esa vez; no volví a verlo.

Damion maldijo entre dientes.

–*Je suis désolé*. Hubo muchas veces en que quise decirte eso, pero cada día que pasaba se me hacía más difícil –se encogió de hombros–. Supongo que te deseaba más de lo que quería tu perdón. Lo siento, pero no soy perfecto.

Reiko sintió que se aliviaba la punzada de angustia que tenía en el pecho.

–Creo que estamos de acuerdo en que no lo somos ninguno de los dos.

Damion la tomó de la mano.

–Todavía te deseo.

Reiko se echó hacia atrás.

–¡Espera! Creo que hay algo que deberías saber.

Los ojos de Damion relampaguearon.

–No quiero oírte hablar de esos otros hombres, Reiko.

–Pero es que se trata precisamente de eso: tuve un montón de citas, pero después del primero no me volví a acostar con ninguno. Fui tan estúpida que dejé que mi padre pensara lo peor de mí solo para que no se divorciara de mi madre.

Damion abrió mucho los ojos, sorprendido, e inspiró profundamente antes de inclinarse hacia ella.

–Reiko...

Ella, sin embargo, volvió a echarse hacia atrás.

–Pero eso no significa que vaya a... Te equivocas si crees que... No puedo acostarme contigo, Damion.

–Ah, *oui*, ese pequeño detalle de que eres incapaz de tener relaciones. Todavía no hemos hablado de ese bombazo que dejaste caer el otro día.

Reiko sacudió la cabeza.

–No quieres saberlo, Damion. No es algo agradable de oír.

Damion le acarició el cabello.

–Tenemos que derribar esta barrera, y creo que tú necesitas hablar de ello.

Nerviosa, Reiko se humedeció los labios.

–Siete meses después del accidente, mi terapeuta me dijo que ya era hora de que dejara de esconderme, que tenía que intentar hacer nuevos amigos. Le hice caso, e incluso tuve... una cita.

Damion se puso tenso.

–¿Y qué pasó?

Reiko contrajo el rostro al recordar aquella noche.

–Fue un desastre. Fue embarazoso... y muy doloroso. No sé qué pasó. Al principio estaba bien, pero luego fue como si se me congelaran las entrañas, como si mi cuerpo estuviera rechazando a aquel hombre. Me... me asusté.

Damion soltó una ristra de palabrotas en francés, y cuando se levantó Reiko pensó que iba a marcharse de nuevo, pero que esa vez no volvería. Sin embargo, para su sorpresa, solo fue hasta la ventana. Se quedó mirando la calle en silencio, y la tensión era evidente en lo rígido que estaba su cuerpo.

—Ya te dije que te repugnaría —murmuró con la voz rota de dolor.

Damion se giró y la miró atónito.

—¿Repugnarme? ¿Por qué habría de repugnarme?

—Te has ido al otro extremo de la habitación, como si quisieras estar lo más lejos posible de mí.

Damion volvió junto a ella y la sentó sobre su regazo.

—¿Por qué ibas a repugnarme? —le dijo tomándola de la barbilla para que le prestara atención—. Y, si hace falta, soy capaz de pasarme una noche entera demostrándote lo contrario.

Su arrogancia hizo a Reiko parpadear.

—¡Vaya! ¿Una noche entera? —repitió con sarcasmo.

Damion no picó el anzuelo.

—Cuando hago una cosa, no soy de los que la dejan a medias, ya lo sabes —le dijo, y tomó sus labios con un beso tan tierno que hizo que se le saltaran las lágrimas.

—¡Deja de hacer eso! —Reiko intentó liberar su barbilla, pero él no se lo permitió.

—¿El qué?

—Estás haciendo que te odie menos. Y, después de haberme pasado los cinco últimos años odiándote, se me hace... raro.

—¿«Raro» en el sentido de que te incomoda... o «raro» en el sentido de que no puedes evitar sentirte atraída por mí?

—Más bien lo primero que lo segundo.

Damion esbozó una sonrisa traviesa.

—Pues a mí me da que es al revés, ¿*oui*?

—*Oui*. ¡*Non*! Me está confundiendo usted, barón, y nada me irrita más que eso.

Intentó bajarse de su regazo, pero la mano de Damion se cerró sobre su cintura, y al intentar moverse se topó con el miembro erecto de Damion. De inmediato notó que las mejillas le ardían, y al mirarlo vio que estaba observándola como un ave de presa, y que en sus labios se había dibujado una sonrisa lobuna.

—Yo te confundo y tú me excitas. Y en ese momento todo mi cuerpo se muere por demostrártelo de mil maneras distintas. Estoy deseando volver a verte desnuda —le susurró al oído.

Nada más decir eso, Reiko se puso rígida como un témpano de hielo.

—¡*Arrête*! —la increpó él con voz ronca.

Pero Reiko se tensó aún más, y un sentimiento de frustración invadió a Damion. Nunca le había resultado tan difícil conseguir abrirle los ojos a alguien. Sin embargo, estaba decidido a abrírselos a Reiko.

La miró, y al ver la lucha de sentimientos encontrados en su rostro, y su desesperación por ocultarle su vulnerabilidad, se le encogió el corazón.

—No estés tan tensa —le dijo—. No es bueno para tus músculos. Y en cuanto a hacerme el vacío... ya hemos pasado por eso.

Reiko puso morritos, y Damion tuvo que inspirar varias veces para resistir la tentación de besarla de nuevo. Pronto tendría ocasión de volver a hacerlo, pero primero tenía que desvelarle otros secretos.

—Conocí a Isadora al poco de abandonar Tokio —le dijo—. No me siento orgulloso de ello, pero sí, intenté utilizarla para olvidarte. Se suponía que iba a ser solo algo temporal.

Reiko apretó los labios.

—Era una mujer casada.

—No, no lo era. Llevaba tres años divorciada cuando la conocí. Pero su casa de modas estaba ligada a la compañía de su marido. Las acciones se habrían hundido si se hubiese hecho público que ya no estaba casada con Antoine Baptiste.

—¿Así que prefirió que la tacharan de adúltera por el bien de las acciones de su negocio?

–Las alianzas matrimoniales han llevado a su auge y a su caída a imperios y dinastías desde hace siglos.

–¿Y sus hijas? ¿Es cierto que las abandonó?

A Damion se le encogieron las entrañas. El paso del tiempo no había atenuado el sentimiento de culpa que le provocaba saber que él, inconscientemente, había agravado la situación.

–*Oui*, es verdad –respondió. El rostro de Reiko reflejó su enfado y su decepción–. Tres meses después de conocerla quiso presentarme a sus hijas. A mí no me parecía que estuviese preparado para eso, así que le dije que no, y pensó que no me gustaban los niños. No supe que les había dado la espalda hasta que me lo dijo su exmarido –el solo hecho de recordarlo hizo que volviera a inundarlo la misma mezcla de lástima e ira que entonces–. Resultó que no era muy estable mentalmente.

Reiko se quedó callada un momento antes de preguntar:

–¿Y por qué rompiste con ella?

–Porque me di cuenta demasiado tarde de que era el epítome de todo aquello que yo estaba intentando dejar atrás.

–¿Estaba obsesionada contigo?

Damion asintió.

–Cuando su exmarido me dijo que había dejado a sus hijas fuera de su vida, tuve una charla con ella, pero no fue nada bien. Dos horas después me la encontré en la bañera con cortes en las dos muñecas.

Capítulo 10

DIOS MÍO! –exclamó Reiko, mirando a Damion
espantada. El dolor en los ojos de él era palpable. Le puso una mano en la mejilla–. Debió de
ser horrible.

–Lo fue –asintió él–. Por suerte la encontré a tiempo,
pero aquello demostró que tenía un problema serio. Esa
era la razón por la que Antoine se había divorciado de
ella. Le encontré una clínica en Arizona y lo organicé
todo para que la admitieran y la trataran.

Reiko recordó la conversación que habían tenido en
el restaurante de París.

–¿Fuiste con ella?

Damion asintió de nuevo.

–Me quedé a su lado las primeras semanas... hasta
que se hizo evidente que lo que desencadenaba los síntomas de su enfermedad, de su obsesión, era yo.

A Reiko se le encogió el corazón.

–¿Tú? Pero...

Damion tomó su mano para plantar un beso en la palma.

–Hasta ahora no he hallado el modo de perdonarme
por llevarla a esa situación. Conocía cuáles eran los signos de una obsesión como la suya, pero no los vi en
ella. No dejaré que algo así vuelva a ocurrir.

Cuando la miró a los ojos, la vulnerabilidad descarnada que vio en ellos hizo que a Reiko se le cortara el
aliento.

–Damion...

—Te he desnudado mi alma, *ma fleur*. Y no me arrepiento de haberlo hecho porque quiero que confíes en mí.

El corazón de Reiko dio un vuelco.

—No... no puedo... Duele demasiado.

Como esperaba que él replicara, se sorprendió cuando Damion se limitó a asentir y la besó en la frente.

—Comprendo que te intimide, pero iremos poco a poco.

A Reiko le asustaba más que hablara en plural que la firme determinación que exudaba por todos los poros de su cuerpo.

Los largos dedos de Damion subieron por su muslo, se deslizaron por la falda y llegaron a la blusa de seda. Cuando la besó en la mejilla, y después en los labios, Reiko suspiró de placer, pero dio un respingo en el momento en que Damion desabrochó el primer botón de la blusa.

—¿Qué estás haciendo?

—Lo que llevo días deseando hacer.

La ardiente mirada de Damion se posó en su garganta y descendió hacia el escote que estaba dejando al descubierto. Desabrochó otro botón.

—Damion, no...

—Quiero verte, Reiko.

Ella sintió que un escalofrío le recorría la espalda.

—No... no estoy lista para eso. Además, ¿no se supone que tienes que encontrar una esposa, una mujer que te ayude a traer al mundo a la próxima generación Fortier?

Al pronunciar esas palabras una punzada de dolor la sacudió, y una horrible sensación de vacío se asentó en su vientre, donde nunca crecería hijo alguno.

Damion entornó los ojos.

—A su tiempo. Primero debo hacer esto.

—¿Por qué? ¿Por qué insistes?

—Porque ahora me doy cuenta de que te hice daño. Dame la oportunidad de enmendarlo.

–¿Cómo? ¿Acostándote conmigo de nuevo? ¿No te sirve con que diga que te perdono?

Damion sacudió la cabeza.

–Piensas que hay algo de lo que tienes que avergonzarte, y quiero demostrarte que no es verdad. No te preocupes, *ma belle*, iremos despacio.

Le desabrochó otro botón, y Reiko lo miró nerviosa.

–¿A qué te refieres con que iremos despacio?

Damion sonrió.

–Por ahora solo quiero abrirte la blusa.

–¿Nada más? –inquirió ella.

–Eso depende solo de ti.

Tras desabrocharle el último botón Damion abrió suavemente la blusa sin apartar los ojos de su rostro, y cuando deslizó la mano por la cinturilla de la falda y le acarició el estómago, todas las terminaciones nerviosas de su cuerpo aullaron de placer.

–Dime qué quieres, Reiko.

Ella bajó la vista a sus labios.

–Que me beses y...

La boca de Damion se cerró sobre la suya antes de que pudiera acabar la frase, y sus pezones se endurecieron bajo el sujetador de satén. Sentada como estaba a horcajadas sobre Damion, notó su miembro erecto empujando contra la parte baja de sus nalgas.

Quería llorar, porque sabía que nunca volvería a experimentar el placer de hacer el amor con Damion, pero su ansia era tal que estaba dispuesta a conformarse con lo que él le diera.

Hundió los dedos en su cabello y se deleitó con el gemido que profirió Damion. El deseo palpitaba entre sus muslos, y cuando las manos de Damion estrujaron sus nalgas aspiró por la boca y se estremeció.

Damion despegó sus labios de los de ella y levantó la cabeza.

–¿Lo dejamos aquí por ahora?

Reiko quería suplicarle que no parara, pero ignoró el dolor de su corazón, tragó saliva y asintió.

A la mañana siguiente, Damion llamó al marchante de arte que había comprado *Femme sur plage* y le ofreció un precio que sabía que no podría rechazar. Al mediodía el cuadro estaba ya en su poder, y tres horas más tarde estaban en el aeropuerto.

Con las prisas por marcharse Damion ni siquiera se había molestado en empaquetar el cuadro. Mientras el avión privado despegaba rumbo a París, Reiko admiró la pintura, apoyada en la pared de la cabina del piloto, preguntándose cómo la hermosa mujer retratada en ella podía haber tenido el horrible comportamiento que Damion le había descrito.

−¿Qué vas a hacer con los otros cuadros cuando muera tu abuelo? −le preguntó.

Una miríada de emociones cruzó por el rostro de él antes de que sus facciones se transformaran en esa máscara de indiferencia que con tanta frecuencia adoptaba.

−Unas cuantas veces he pensado en quemarlos...

−¡No serás capaz!

−... pero supongo que mis hijos, cuando los tenga, deberían saber a qué clase de familia desestructurada pertenecen −concluyó Damion con sarcasmo.

Al oírle decir la palabra «hijos» a Reiko se le encogió el corazón. Durante dos años había apartado de su mente todo pensamiento relacionado con la maternidad, pero de pronto, en ese momento su mente conjuró un sinfín de imágenes de Damion rodeado de chiquillos, y se le hizo un nudo en la garganta.

Damion, sentado frente a ella, frunció el ceño.

−¿Qué ocurre? Te has puesto pálida.

Reiko bajó la vista a sus manos, entrelazadas sobre su regazo.

–Supongo que todavía no se me han pasado los efectos del jet lag.

Damion se quedó observándola, y Reiko contuvo el aliento y se quedó muy quieta, temerosa de que un solo movimiento pudiera dejar al descubierto todos sus secretos.

Cuando Damion giró la cabeza hacia el cuadro, suspiró aliviada.

–Imagino que debes de pensar que no tengo corazón por cómo hablo de mi familia –murmuró él al cabo de un rato, volviendo de nuevo la vista hacia ella.

Reiko sacudió la cabeza, y alargó el brazo para apretarle la mano.

–No, todas las familias tienen cosas que ocultar. Pero me gustaría que dejaras de fingir que esas cosas no te afectan –le dijo con un dolor sincero de corazón por todo lo que debía de haber sufrido.

–Cuando te has pasado toda la vida presenciando día a día las emociones más volátiles aprendes que solo tienes dos opciones: imitar ese comportamiento o enterrarlo en lo más profundo de tu ser.

–Hablas de la obsesión de tu padre y de tu abuelo –dedujo ella–. ¿Pero qué hay del amor?

Damion se encogió de hombros.

–He sobrevivido sin él hasta ahora, y no está entre mis prioridades.

Reiko contrajo el rostro.

–¿Y tampoco sientes el menor remordimiento por todos los corazones rotos que has ido dejando a tu paso?

Damion se llevó su mano a los labios y le besó suavemente los nudillos.

–Un príncipe azul tiene que besar a muchas ranas antes de encontrar a su princesa –le dijo con un brillo en los ojos que hizo que el corazón de Reiko palpitara con fuerza–. Pero creo que mi búsqueda casi ha terminado.

El tono de Damion se había tornado menos serio, y la

máscara de hielo en que se había transformado su rostro hacía unos minutos se había desvanecido. Sin embargo, el eco de sus palabras aún le atenazaba las entrañas porque eran el doloroso recordatorio de que no había lugar para ella en su vida.

El Château Fortier, que durante siglos había sido el hogar de los Fortier, estaba empapado por el chaparrón que acababa de caer. Mientras la limusina avanzaba por el camino flanqueado por árboles, Reiko observó el castillo maravillada. ¡Hasta tenía un foso y un puente levadizo!

El interior era todavía más impresionante, con los gruesos muros decorados con retratos de los antepasados de Damion, y fabulosas obras de arte y antigüedades en cada estancia.

Después de hacerle un breve tour por la planta inferior del castillo, Damion la llevó al piso de arriba por la elegante escalera de mármol, y la condujo por el pasillo del ala este hasta la que sería su habitación.

La decoración, en tonos azules y dorados, no podía ser más exquisita, y la cama con dosel y cortinas de muselina blanca parecía sacada de un cuento de hadas.

–¿Te gusta? –le preguntó Damion al oírla gemir extasiada.

–¿Cómo podría no gustarme? Es preciosa. Casi me da miedo tocar nada, no vaya a romper algo.

–Los objetos pueden reemplazarse; lo importante es que estés cómoda –dijo él inclinándose para besarla en la frente–. Y, si te entra miedo, no tienes más que llamar a esa puerta y despertarme –dijo señalando una puerta lateral que conectaba con el dormitorio contiguo–. Hay a quienes estos viejos caserones les resultan tenebrosos.

El saber que todo aquello era parte de su plan para

llevársela a la cama debería inquietarla, pero lo deseaba de tal modo que no pudo evitar preguntarse si sería tan malo aprovechar esa última oportunidad de hacer el amor con él.

Pero ¿en qué estaba pensando?, se increpó de inmediato.

—No creo que sea necesario; no me asusto fácilmente.

Damion le rodeó la cintura con los brazos y la atrajo hacia sí. Cuando sus senos se aplastaron contra su pecho, los pezones de Reiko se endurecieron, y por el modo brusco en que él aspiró por la boca supo que lo había notado.

—Pues entonces te sugiero que eches el pestillo por las noches, porque puede que no sea capaz de contenerme —murmuró, y tomó sus labios con un apasionado beso con lengua.

Reiko gimió excitada, al tiempo que se increpaba por claudicar de ese modo. Sin embargo, en lo que se refería a Damion, su capacidad de autodisciplina era equivalente a cero.

De hecho, para cuando él puso fin al beso y dio un paso atrás, Reiko estaba a punto de mandar a paseo las posibles consecuencias.

—Tengo que salir de aquí o no podré seguir controlándome —jadeó Damion con los ojos oscuros de deseo—. Dime que salga de aquí, Reiko.

Ella se lamió los labios, que aún le cosquilleaban por el beso, y luchó contra el impulso de decirle justo lo contrario.

—Sal de aquí, Damion.

Él exhaló un suspiro, dio otro paso atrás y se pasó una mano por el cabello.

—Ponte un bañador y reúnete conmigo abajo en cinco minutos.

—¿Dónde vamos?

Él esbozó una sonrisa enigmática.

–Tengo una sorpresa para ti –bajó la vista a sus pies–. Y nada de tacones –añadió, y salió de la habitación.

Mientras bajaba por la escalera Reiko vio a Damion fruncir el ceño.

–Eso no es un bañador –protestó.

–Siento decepcionarte –contestó ella al llegar al pie de la escalera. Bajó la vista a su malla deportiva y las chanclas que se había puesto y se encogió de hombros–. Si esperabas que me pasease delante de ti en biquini, eso no va a ocurrir. De hecho, no tengo ningún traje de baño –había quemado todos sus bañadores y biquinis un mes después del accidente, en un arranque de frustración–. Esta malla servirá para lo que sea que tienes en mente.

Los ojos de Damion la recorrieron de arriba abajo, y Reiko sintió que se le endurecían los pezones y que entre sus muslos afloraba una ola de calor.

–Damion...

–*Alors*, vámonos –ordenó él con voz ronca.

La tomó de la mano y la condujo por un pasillo hasta unas escaleras que bajaban y bajaban. Al final de estas había un gran portón pintado de negro.

–¿Me llevas a las mazmorras?

Damion sonrió divertido.

–Todavía no –bromeó.

La puerta daba acceso a un estrecho pero bien iluminado pasillo. Los muros de piedra caliza y el suelo de pizarra gris hacían resonar el ruido de sus pasos a medida que se adentraban más y más por debajo del castillo.

Después de torcer varias esquinas pasaron bajo un arco de piedra y emergieron a un espacio cerrado que dejó a Reiko boquiabierta.

Había una poza rodeada en tres de sus lados por paredes de roca cubiertas de plantas trepadoras. La poza estaba iluminada por debajo del agua, lo que hacía que brillase con un color azul verdoso. Reiko oía un ruido como de una cascada detrás de ella, y cuando se volvió vio una abertura en la pared de roca por donde salía el agua. Cerca de ella había un banco de madera y una mesa de piedra sobre la que había colocadas varias toallas dobladas.

–¿Lista? He pensado que podría ayudarte a hacer aquí tus ejercicios.

Damion se había quitado la camiseta y las sandalias y se había quedado vestido solo con el bañador. A Reiko le llevó un momento cerrar la boca y asentir antes de descalzarse y tomar la mano que él le tendía.

–¡Está caliente! –exclamó sorprendida cuando entraron en el agua.

–Es un manantial de aguas termales que fluye de la montaña.

La atrajo hacia sí y la hizo girarse, colocándola de espaldas frente a él. Luego se inclinó y la besó en la oreja. A pesar de la chispa de deseo que ya estaba prendiendo en ella, Reiko ya empezaba a sentir el poder curativo del agua obrando maravillas en su cuerpo. Recostándose contra Damion, suspiró de placer.

–Gracias, Damion; esto es perfecto.

Él la besó en el cuello.

–No hay de qué. Pero aún no hemos empezado con tus ejercicios. Rodéame el cuello con los brazos.

Reiko levantó los brazos y los entrelazó por detrás de su cuello como le había dicho Damion. En esa postura se sentía vulnerable, expuesta. Los pezones se le endurecieron, y su respiración se tornó trabajosa cuando las manos de Damion descendieron por sus muslos.

Sin embargo, él parecía estar concentrado solo en los ejercicios que debía hacer. Le levantó las rodillas, doblándoselas contra el pecho, y de inmediato Reiko sintió que los músculos de su espalda se estiraban. Damion repitió el proceso, siguiendo sus instrucciones, y durante unos cuarenta y cinco minutos pasaron de un ejercicio a otro hasta completarlos todos. Cuando hubieron terminado, Reiko se volvió hacia él.

–¿Estás bien? –inquirió él preocupado.

Reiko sonrió.

–No te preocupes; no me voy a echar a llorar ni nada de eso.

–*Bien sûr*. Es bueno saberlo.

Reiko esbozó una sonrisa traviesa.

–¿*Quoi*? –inquirió él.

–Probablemente no juegues al póquer, pero, si alguna vez juegas, creo que deberías saber que tienes un hábito que te delata. Cuando estás agitado por algo te pones a hablar en francés. Aunque no se me ocurre ninguna razón por la que puedas estar agitado ahora mismo.

Damion enarcó una ceja.

–¿No se te ocurre ninguna?

La atrajo más hacia sí, y, al notar su erección, a Reiko se le escapó la risa.

–¿Te parece que esto es gracioso?

–No sé, yo diría que sí. ¿A ti no te parece gracioso?

Por toda respuesta Damion gruñó y la arrastró fuera del agua como un cavernícola mientras ella prorrumpía en nuevas risas. La llevó hasta el banco, la tendió en él, y se tumbó sobre ella antes de que Reiko pudiera recobrar el aliento.

La besó con ardor, casi con desesperación, como si quisiera devorarla, mientras sus manos recorrían ansiosas su cuerpo. Cuando cerró la mano sobre uno de sus senos, Reiko despegó sus labios de los de él y gritó de placer.

Damion se colocó entre sus piernas y tomó de nuevo sus labios, asaltando su boca con la lengua de un modo posesivo, y le bajó la cremallera que tenía en la parte delantera para tomar un pezón en su boca.

Una llamarada explotó dentro de Reiko, abrasándola

de un modo delicioso. Damion tiró del pezón con los dientes, lo succionó y lo lamió antes de dedicar las mismas atenciones al otro seno.

Una de sus manos descendió hasta el estómago, y los músculos de Reiko se contrajeron cuando sus dedos se deslizaron entre sus muslos. Contuvo el aliento, con una mezcla de inseguridad y deseo.

–Tranquila; confía en mí –le susurró Damion.

La acarició a través de la malla húmeda con movimientos lentos, y Reiko echó la cabeza hacia atrás y arqueó la espalda. Un río de calor fluyó entre sus piernas cuando Damion encontró su clítoris y empezó a estimularlo, y cuando bajó la cabeza y trazó un círculo con la lengua en torno a un pezón volvió a gritar de placer.

Damion siguió lamiéndole los pezones y estimulándola con maestría, llevándola cada vez más cerca del cielo mientras le susurraba palabras ardientes en francés.

Reiko hundió los dedos en su cabello, buscando algo que la anclase a la realidad en medio de aquella tormenta de placer. Damion no le dio tregua, y poco después Reiko llegaba al clímax.

En medio de la neblina que la envolvía fue vagamente consciente de cómo empujaba las caderas, de cómo gemía mientras le sobrevenía una ola de placer tras otra. Notó como Damion le volvía a subir la cremallera y le cubría la cara de besos antes de enjugar con un dedo la lágrima que rodó por su mejilla.

Se había dejado llevar, había perdido el control por completo... y no había habido dolor, ni se había sentido humillada. Reiko abrió los ojos.

¿Podía ser que Damion tuviese razón?, ¿que sus temores no tuviesen base alguna? El solo imaginar cómo sería hacer el amor con él hizo que una nueva ola de calor la inundara. ¿Qué podría pasar?, se preguntó. Al fin y al cabo ya había visto sus cicatrices.

Pero aún no había visto las peores, y cuando lo hiciera...

–Me da la impresión de que, a pesar de que acabas de tener un orgasmo en mis brazos, en este momento estás dándole vueltas y vueltas a la cabeza –murmuró Damion.

Reiko lo miró y vio que su rostro estaba contraído, como si el satisfacer su deseo no hubiese hecho sino avivar el suyo aún más. Su miembro erecto, apretado contra su vientre, era la prueba de ello. Cuando se arqueó, Damion profirió un intenso gemido, pero luego exhaló un pesado suspiro, se quitó de encima de ella y se bajó del banco.

–¿Dónde vas? –inquirió Reiko aturdida.

Damion bajó la vista hacia ella.

–No estás preparada, y no quiero que te sientas presionada –le dijo con una sonrisa amable.

Reiko lo siguió con la mirada mientras se dirigía a las duchas y tragó saliva. En los dos últimos días Damion le había estado mostrando una faceta de él que nunca antes había visto: le había demostrado que podía ser comprensivo, servicial, e increíblemente generoso. Y aquello, sumado a esa determinación que tenía de perseguir tenazmente lo que quería, lo hacía todavía más sexy.

Tan sexy como su cuerpo..., pensó admirando su trasero y sus anchas espaldas mientras se alejaba. Por el modo en que se estremeció al abrir el grifo de la ducha, dedujo que el agua debía de estar bastante fría.

Reiko tragó saliva de nuevo, sorprendiéndose a sí misma por el atrevimiento de las ideas que cruzaron por su mente, pero no lo dudó y se puso de pie.

Cuando llegó junto a él y le puso una mano en el hombro, Damion se tensó de inmediato, y se volvió hacia ella enjugándose con una mano el agua que le caía por la cara.

–¿Qué haces?

Ella bajó la vista a su erección, que no había disminuido a pesar de la temperatura del agua.

–Estaba pensando que podría... ya sabes... aliviarte –se lamió los labios, y los ojos de Damion brillaron como los de un depredador.

–Hace cinco años eras incapaz de decir esa palabra sin sonrojarte. El hecho de que ahora ni siquiera te atrevas a decirla me hace pensar que no deberías estar ofreciéndote siquiera, *chérie*.

Reiko se ruborizó pero alzó la barbilla.

–¿Me estás desafiando?

Damion apoyó una mano en el muro de piedra y apretó la mandíbula mientras cerraba los ojos un instante.

–Te estoy pidiendo que dejemos el tema.

Una sonrisilla perversa asomó a los labios de ella.

–¿Por qué? ¿Hablar de esto es demasiado... duro para ti?

Damion soltó un gruñido entre quejoso y sorprendido.

–Maldita sea, Reiko, ¿no sabes que no debes jugar con un hombre que está al límite?

–Pero si te estoy ofreciendo la solución perfecta...

Los ojos de Damion se clavaron en ella.

–Quiero estar dentro de ti; ninguna otra cosa me dará el alivio que necesito.

Reiko sintió una punzada de dolor en el pecho.

–¿Y si eso no ocurre nunca?

–Ocurrirá.

Lo había dicho con tal certidumbre que por un instante, aunque era absurdo, Reiko se permitió creerlo. Como si hubiera adivinado lo que estaba pensando, Damion añadió:

–Sea lo que sea lo que crees que te pasa, lo superaremos. No voy a conformarme, dejando que sigas presa de tus temores, y tú tampoco deberías.

–Yo no quería decir que...

Damion la interrumpió poniéndole un dedo en los labios.

—Haremos el amor —le dijo dando un paso hacia ella—. Por ahora, solo un beso —murmuró inclinando la cabeza.

—¿Crees que es buena idea? —lo picó ella.

—No, pero para eso sirven las duchas frías.

—Pues da la impresión de que a ti no te está funcionando muy bien —replicó Reiko bajando la vista a su bañador—. Si no se te ocurre una solución mejor, aparte de congelarte bajo un chorro de agua helada, mi oferta sigue en pie —añadió con picardía, y se alejó riéndose a por una toalla para secarse.

Capítulo 11

BUENO, ¿y cuál es ese trabajo que tienes en mente para mí? –le preguntó Reiko a Damion durante el desayuno.

–Hablaremos de eso dentro de un momento. ¿Cómo has dormido?

Los ojos de Damion escrutaron su rostro de un modo muy íntimo que hizo que aflorara a su mente el recuerdo de lo que había ocurrido entre ellos en la poza el día anterior y se puso roja como una amapola.

–¡No puedes hacer eso!

Él enarcó una ceja.

–¿No puedo preguntarte cómo has dormido?

–No, mirarme de ese modo, como desnudando mi alma.

–Bueno, tu alma no sé, *ma fleur*, pero tu cuerpo desde luego lo he desnudado más de una vez.

Reiko tragó saliva.

–Yo he dormido; ¿y tú?

Damion dejó la taza sobre el platillo, tomó su tenedor y pinchó un trozo de melocotón en almíbar del cuenco de cristal que tenía frente a sí.

–No voy a aburrirte con los detalles de mi noche en blanco, *mon amour*. Dejémoslo en que esta mañana he tenido que darme otra ducha fría –dijo extendiendo el brazo para ofrecerle el trozo de melocotón.

Reiko sintió que una ola de calor la invadía, pero abrió la boca para complacerlo. Damion bajó la vista a sus labios mientras se cerraban sobre el tenedor, y sus ojos grises se oscurecieron.

–No voy a sentirme culpable solo por haber dormido mejor que tú –le dijo Reiko.

Damion sonrió.

–Al contrario; me alegra que hayas dormido bien. Tienes que reunir fuerzas para cuando llegue el momento.

–Estás muy seguro de ti mismo, ¿eh?

–*Oui* –se limitó a responder él, con la misma arrogancia irritante.

–*Saru mo ki kara ochiru* –apuntó ella en japonés.

Él se echó a reír, y Reiko no pudo reprimir una sonrisa. Cuando Damion le acercó otro trozo de melocotón a los labios, lo aceptó también, pero esa vez retiró lentamente los labios del tenedor, y Damion entornó los ojos.

–Tienes razón, hasta los monos se caen a veces de los árboles –respondió–. Pero tengo la impresión de que esta no será una de esas veces. Sé que me deseas tanto como yo a ti.

Reiko se puso seria y bajó la vista a su plato. «Eso dices ahora, pero...». Apartó de sí la desesperanza que amenazaba con apoderarse de ella, y sacudió unas miguitas de la mesa.

–Estabas a punto de decirme en qué consistirá mi trabajo.

Damion frunció el ceño ante su tono brusco y el cambio de tema, pero, cuando dejó el tenedor en su plato y asintió, Reiko respiró aliviada.

–Cada año, en las dos primeras semanas de marzo, abrimos partes del castillo al público. Durante ese tiempo, todos los museos y galerías del mundo que tienen alguna obra de arte de mi familia en préstamo nos las envían para la exposición que organizamos. Te daré una lista y tú coordinarás el traslado de las obras para que lleguen en perfectas condiciones –le explicó Damion–. También llegan mañana seis obras de arte de Kazajistán. Una vez las hayas examinado, decidiré cuáles incluiremos en la exposición.

–¡Vaya!, debería haberte pedido que me pagaras el doble de lo que me ofreciste.

Damion sonrió.

–Eso no es todo. Al finalizar esas dos semanas se celebra un baile que incluye un desfile de las joyas de la colección Fortier. También tendrás que ocuparte de organizarlo todo.

Reiko frunció el ceño.

–¿No tienes a una persona que se encargue de ese tipo de cosas? Organizar eventos no es lo mío.

El rostro de Damion se ensombreció.

–Este será el último baile que celebremos en vida de mi abuelo, y quiero que sea especial para él. Llega mañana, por cierto. Además, la persona que se encargaba de los eventos hasta ahora ya no está disponible y todavía no he encontrado a alguien para sustituirla.

Su primera frase hizo a Reiko ablandarse de inmediato. La última, en cambio, hizo que frunciera el ceño de nuevo.

–O sea, que era una mujer, y la has dejado –dedujo–. Imagino que sería una de esas chicas-rana que no estaba a la altura de tus expectativas. ¿Me equivoco?

–¿Qué quieres que te diga? Soy un perfeccionista.

Reiko se levantó enfadada.

–¿Entonces qué diablos estás haciendo conmigo? Estoy muy lejos de ser perfecta.

Estaba dándose la vuelta para abandonar el comedor cuando Damion se giró, sacando las piernas de debajo de la mesa, la retuvo agarrándola de la muñeca, y la atrajo hacia sí, atrapándola entre sus rodillas.

–Cierto, y también eres terca y tiendes a ponerte a la defensiva cuando te enfadas –dijo sujetándola por las caderas.

–¿Quién te crees que eres, Freud?

–No, pero estoy decidido a curarte de todo eso.

–¿Curarme? ¿Qué, ahora soy una especie de proyecto para ti?

–Eres una mujer muy hermosa que ha hecho que pase un varias noches sin dormir y con la peor de las erecciones –respondió él–. Y mis intenciones no son del todo altruistas, así que no me hagas pasar por una especie de santo.

Reiko resopló.

–La santidad es la última cualidad que te atribuiría.

–Lo único que necesito es que confíes en mí, *ma fleur*.

Otra punzada de desesperanza desinfló un poco el dolor y la ira de Reiko.

–Estás pidiendo lo imposible, Damion.

Él clavó sus ojos en ella y contestó:

–*Koketsu ni irazunba koji wo ezu*. «Quien nada arriesga, nada gana».

Durante la semana siguiente, con la ayuda del comité de Saint Valoire, un grupo de personas escogidas por Damion para asesorarla en los detalles, poco a poco el evento iba tomando forma.

Estaba colocando el último montón de folletos sobre la historia del castillo en el atril junto un aparador de estilo Luis XIV cuando unos fuertes brazos se deslizaron en torno a su cintura.

–Son casi las siete. Hace ya dos horas que debería haber acabado tu jornada –dijo Damion besándola en la oreja y atrayéndola hacia sí.

–Nunca he sido de esas personas que trabajan de nueve a cinco –contestó ella.

Durante toda la semana Damion se había mostrado cariñoso con ella en muchas ocasiones, a veces incluso delante de su abuelo y de los empleados que iban de un lado a otro disponiendo los preparativos. Esa mañana uno de sus besos se había prolongado tanto que una mujer del comité, *madame* LeBeouf, había tenido que toser varias veces hasta que se habían separado.

Y con cada caricia, con cada beso, Reiko sentía que Damion estaba minando sus defensas.

–Pues como tu jefe que soy, digo que ya está bien por hoy –le ordenó Damion junto al oído–. Y quítate esos zapatos –por el tono de su voz Reiko supo que había fruncido el ceño–. No entiendo por qué insistes en usar zapatos con tanto tacón.

–Estoy bien –replicó Reiko volviéndose hacia él–. El manantial de aguas termales ha obrado maravillas en mi espalda y...

Antes de que pudiera acabar la frase, Damion la soltó y se agachó, hincando una rodilla en el suelo.

–Eso no es motivo para abusar de tu salud –dijo agarrándole la pantorrilla–. Vamos, zapatos fuera.

Reiko se agarró al aparador para no perder el equilibrio mientras Damion le quitaba los zapatos.

–Eso es, mucho mejor –Damion arrojó los zapatos a un lado y se puso de pie.

Sin los tacones Damion le sacaba varias cabezas, y cuando la alzó en volandas Reiko se sintió tan diminuta y frágil como una flor de cerezo.

–Damion...

–Llevo queriendo besarte como es debido desde que nos interrumpieron esta mañana.

–Creo que escandalizamos a *madame* LeBoeuf.

–Tiene que aprender a ser más discreta –murmuró él–. Rodéame la cintura con las piernas.

Reiko se ruborizó al hacerlo. Aquella postura no podía ser más íntima. Damion echó a andar mientras la besaba, tomándose su tiempo para explorar su boca con esa maestría que siempre la dejaba mareada. No sabía dónde la llevaba hasta que sintió la caricia de la brisa en su piel.

Estaban en el ala este del castillo, en una terraza que ofrecía unas vistas fantásticas del valle. Damion la dejó en el suelo, y cuando se volvió Reiko se encontró con una mesa redonda perfectamente dispuesta con dos sillas, situada estratégicamente bajo un arco soportado por dos impresionantes columnas.

Cuando se hubieron sentado, Damion levantó las tapas de sus platos: una sencilla cena en la que la estrella era filete *châteaubriand* con patatas al horno y judías verdes, acompañado de un delicioso vino tinto de crianza.

Cuando les hubieron retirado los platos, se quedaron allí sentados, disfrutando del paisaje, de la brisa, y de lo que quedaba del vino en sus copas.

–Gracias por darme este trabajo –le dijo Reiko–. No estaba segura de poder hacerlo, pero lo estoy disfrutando muchísimo.

–Bueno, te apasiona el arte y te encantan los retos.

–Sí, pero tú mismo dijiste que este iba a ser el último baile que se celebrase en vida de tu abuelo, y aunque podrías habérselo encomendado a otra persona, confiaste en mí. Gracias.

Damion se quedó mirándola largo rato con una expresión inescrutable antes de bajar la vista. La suave luz de las lámparas del muro proyectaba sombras sobre el rostro de Damion cuando se inclinó para rellenarle la copa. Reiko admiró sus perfectas facciones, deteniendo su mirada en los sensuales labios que la habían besado hasta dejarla sin aliento hacía un momento.

Damion alzó la vista y la pilló mirándolo.

–¿Qué?

–Nada, es solo que eres tan guapo que casi me duelen los ojos de mirarte –le confesó ella.

Él depositó la botella de vino sobre la mesa con más fuerza de la necesaria.

–Reiko...

Parecía que no le salieran las palabras, algo que nunca había ocurrido, y Reiko observó sorprendida cómo sus mejillas se teñían de rubor.

–Perdóname, no pretendía hacerte sentir violento.

Damion no se rio, sino que clavó sus ojos en los de

ella, abrasándola con una mirada increíblemente intensa y le dijo con voz ronca:

–Reiko, mírame bien y dime si lo que ves es azoramiento.

Reiko lo miró y tragó saliva. Tenía los puños apretados sobre la mesa, una vena le palpitaba en la sien, y todo su cuerpo estaba tenso. No, no estaba azorado; parecía excitado... tremendamente excitado. ¡Y solo por lo que le había dicho! El saber que tenía ese poder sobre él hizo que le costara articular las palabras.

–No. Es decir... No comprendo cómo...

–Creo que estás preparada –la interrumpió él. Al ver la confusión en su rostro, añadió–: Te he confiado algo que era importante para mí: organizar el baile y todo lo demás. ¿Cómo te sentiste cuando te lo pedí?

–Respetada. Querida. Como si te importara.

–¿Y qué sientes con respecto a mí? Cuando me miras, ¿ves a un hombre que volverá a hacerte daño?

Reiko tragó saliva.

–No intencionadamente –contestó con sinceridad–, pero...

Damion echó su silla hacia atrás y se puso de pie.

–No más peros –dijo tendiéndole la mano–. Vamos a mi habitación.

Reiko la tomó vacilante, se levantó también, y Damion la alzó en volandas como si no pesase nada.

Después de haberse pasado incontables horas imaginando cómo serían el dormitorio y la cama de Damion, Reiko apenas miró a su alrededor cuando Damion cerró la puerta dándole con el pie y la dejó en el suelo.

No tuvo tiempo; Damion la atrajo hacia sí y selló sus labios con un beso abrasador que hizo que se le disparase el pulso. Sus manos recorrían ansiosas el cálido torso de Damion, pero le entró el pánico cuando él hizo ademán de quitarle el top de algodón que llevaba.

–¿Te... te importa si apagamos las luces? –murmuró Reiko contra sus labios.

Damion la miró inquisitivo.

–¿Por qué? He visto las cicatrices que tienes en el rostro y en los brazos. No tiene sentido que intentes ocultármelas.

–Pero es que hay más cicatrices; y son peores –balbució ella, sintiendo que el fuego del deseo se tornaba en nervios.

Intentó apartarse de él, pero Damion la sujetó con firmeza por la cintura.

–Mírame, Reiko.

–Podemos... podemos hacerlo con las luces apagadas.

–Quiero verte; quiero ver cada centímetro de tu cuerpo. ¿Vas a quitarte la ropa, o lo hago yo?

La actitud inflexible de Damion hizo que se le encogiera el estómago.

–Damion, por favor...

–Cada centímetro. Confía en mí, Reiko; quítate la ropa.

Damion dio un paso atrás para darle espacio y entrelazó las manos tras la espalda, como conteniéndose para no tocarla. Ese gesto, el hecho de que la deseara a pesar de que sabía que tenía terribles cicatrices que afeaban su cuerpo, emocionó a Reiko y le dio fuerzas.

Bajó las manos, asió con dedos temblorosos el dobladillo de su top y tiró hacia arriba. Damion la devoró con los ojos en cuanto dejó caer el top al suelo, y se quedó mirando una eternidad sus senos, cubiertos aún por el sujetador de encaje.

Frunció el ceño y le dijo:

–No veo ninguna cicatriz.

Reiko inspiró profundamente, se recogió la larga melena con las manos y se la pasó por encima de un hombro antes de darse la vuelta lentamente, con el corazón martilleándole en el pecho. Sintió la mirada de Damion sobre cada una de las largas cicatrices que le recorrían la nuca y la espalda, y lo oyó acercarse por detrás.

Lo que no se había esperado era la caricia lenta y casi reverente de sus dedos, siguiendo el trazo de las cicatrices, ni el roce de sus labios sobre la más marcada en la parte baja de la espalda. Sorprendida, giró la cabeza para mirar por encima del hombro.

Damion estaba de rodillas, y sus manos y sus labios estaban calentando su piel, que se había puesto fría por el temor a que la rechazara. Los ojos se le llenaron de lágrimas, y un sollozo escapó de su garganta.

Damion se incorporó y la giró hacia él para estrecharla entre sus brazos mientras ella lloraba y él le susurraba palabras de consuelo en francés.

Cuando el llanto de Reiko amainó, Damion buscó el cierre de su falda, y el temor afloró de nuevo en ella.

—Aún hay más cicatrices —le advirtió.

—Cada centímetro, Reiko —contestó él en ese tono que no admitía discusión.

Le bajó la falda y con ella las braguitas, y después le tocó el turno al sujetador. Desnuda y nerviosa, Reiko quería salir corriendo, pero los ojos de Damion la mantenían cautiva. Su fuerte respiración, su mirada volcánica y lo tenso que estaba su cuerpo le hizo pensar que quizá, y solo quizá, no le repugnaba su cuerpo desnudo, y sintió un alivio inmenso.

Damion tomó su rostro en sus fuertes manos para devorar su boca una vez más. Le mordió el labio inferior, y los pezones de Reiko se endurecieron contra su pecho, ansiosos por que los tocara.

Como si anticipara cada una de sus necesidades, Damion tomó un seno en la palma de su mano y lo masajeó antes de apretar el pezón entre el pulgar y el índice, haciendo que gimiera de placer dentro de su boca.

Damion interrumpió el beso, se echó hacia atrás y se lamió los labios antes de tomar con la mano libre su otro seno. Reiko emitió un largo e intenso gemido.

–¿Confías en mí? –le preguntó Damion.

–Sí –respondió ellas sin aliento.

Damion la alzó en volandas y la llevó hasta la cama. La depositó suavemente sobre el colchón y dio un paso atrás. Inspiró, y sin apartar sus ojos de los de ella se desabrochó el cinturón y se bajó la cremallera de los pantalones.

–No apartes tus ojos de los míos –le dijo.

–Pero es que tú eres perfecto y yo... yo no.

–Esas cicatrices no te definen como persona –replicó él. Se bajó los pantalones y los calzoncillos y se tendió a su lado–. Te deseo; no sabes cuánto.

Reiko se movió, acercándose un poco más a él, y jadeó cuando sus senos rozaron el sedoso vello del pecho de Damion.

–Yo también te deseo –murmuró.

Incapaz de contenerse, apretó sus labios contra el hombro de él, y Damion se estremeció.

–Necesito asegurarme de que estás preparada. Podemos ir tan despacio como quieras –le dijo con ternura.

Echándole valor, Reiko levantó una pierna y la deslizó por encima del muslo de Damion.

–Estoy preparada. Si quieres, puedes comprobarlo por ti mismo.

La mano de Damion descendió por su estómago, acarició lo suaves rizos de su vello púbico y se introdujo entre sus muslos. Un gruñido escapó de su garganta al notarla húmeda, y con el mayor cuidado introdujo un dedo en su interior. Los músculos de la vagina de Reiko se tensaron al instante.

–¿Estás bien, *ma chérie*?

Reiko se mordió el labio y asintió. No le dolía, pero la tensión involuntaria de su cuerpo la hacía sentir una ligera molestia. Damion sacó el dedo pero mantuvo su mano apretada contra ella. Con el pulgar empezó a trazar círculos en torno al clítoris, y Reiko sintió cómo se desataban en ella oleadas de exquisito placer.

Damion tomó un pezón en su boca y lo lamió, haciéndola suspirar. Reiko lo agarró por el cabello y cerró los ojos mientras Damion continuaban volviéndola loca.

De su garganta escapaban gemidos ardientes. Le clavó las uñas a Damion en la espalda y sacudió la cabeza de un lado a otro sobre la almohada.

–Por favor, Damion... Oh... Por favor... –le suplicó una y otra vez.

Damion le mordió suavemente el pezón e incrementó la presión del pulgar en su palpitante clítoris hasta que el orgasmo la sacudió, con tal fuerza que levantó las caderas del colchón.

Cuando regresó a la Tierra, temblorosa y jadeante, se aferró a Damion, lo único que la anclaba al mundo real, que por unos instantes gloriosos parecía haberse desintegrado.

No fue hasta que se hubo calmado cuando se dio cuenta de que Damion tenía dos dedos dentro de ella y que no sentía dolor alguno. Lo miró asombrada, y Damion se inclinó para rozar sus labios contra los de ella.

–¿Cómo te sientes? –le preguntó.

–Bien. Me siento... de maravilla –Reiko inspiró y los ojos se le llenaron de lágrimas, pero parpadeó para contenerlas. La erección de Damion palpitaba contra su muslo–. Te quiero dentro de mí.

Él sacudió la cabeza.

–Todavía no; aún te noto algo tensa, y no quiero hacerte daño –contestó besándola en los labios.

–No me harás daño –replicó ella, levantando un poco las caderas.

La frente de Damion se perló de sudor, y cuando volvió a arquear las caderas él hundió un poco más sus dedos en ella, haciéndola gemir de placer.

–Damion, por favor...

—Todavía no, pero pronto; te lo prometo —le susurró él al oído, antes de enumerarle todas las cosas que iba a hacerle.

Entretanto, sus dedos empezaron a entrar y salir de ella con un ritmo lento pero acompasado, al tiempo que el pulgar continuaba dibujando círculos en torno a su clítoris.

—¿Te da placer? —le preguntó.

—Mucho... muchísimo...

—Eres preciosa, y tu cuerpo es tan increíble como lo recordaba: reacciona a cada pequeño estímulo. Nunca había estado tan excitado como en este momento.

—Yo tampoco...

Reiko cerró los ojos, abandonándose al placer, y emitió un intenso gemido cuando volvió a sacudirla un nuevo orgasmo.

Abrió los ojos al oír a Damion rasgando el envoltorio de un preservativo, y lo observó impaciente mientras se lo ponía. Cuando alzó la vista hacia ella, había preocupación en los ojos de Damion.

Reiko se incorporó sobre los codos y tomó su rostro entre ambas manos para imprimir suaves besos en la línea de su mandíbula.

—Estoy lista; te lo prometo.

Damion tragó saliva, asintió, y sus ojos la devoraron con fruición cuando ella volvió a tumbarse y él le abrió las piernas para colocarse en posición. Reiko bajó la vista a su pene. Damion estaba tan bien dotado...

Apenas la había penetrado un par de centímetros cuando los músculos de su vagina se tensaron, como protestando por aquella repentina invasión. Su respiración se tornó entrecortada, y la invadió el pánico.

Damion se apoyó en los codos y tomó su rostro en las manos.

—Reiko, mírame.

Ella sacudió la cabeza, aterrada.

–Mírame, por favor. Confía en mí. Quiero que veas lo mucho que te deseo.

Empujando a un lado sus temores, lo miró a los ojos, y se fue calmando poco a poco mientras él le acariciaba el cabello. Lo considerado y paciente que estaba siendo con ella la llevó al borde de las lágrimas una vez más.

–Relájate –le susurró, besándola en la sien.

Empujó las caderas despacio, y Reiko sintió cómo se deslizaba dentro de ella un par de centímetros más. Esa vez la sensación fue distinta; el temor estaba dando paso de nuevo al deseo. Damion empujó su miembro un poco más, y cuando vio que estaba tranquila, con infinito cuidado y un autocontrol impresionante, la penetró por completo sin apartar los ojos de los suyos ni un instante, y repitiéndole una y otra vez lo hermosa y valiente que era.

Luego comenzó a moverse, imponiendo un ritmo continuo, sacando su miembro unos centímetros para después volver a introducirlo, pendiente de cada una de sus reacciones.

Las manos de Reiko exploraban enfebrecidas su espalda. Una gota de sudor resbaló por el rostro de Damion y cayó en su pecho.

–¡*Mon Dieu*! Adoro tu cuerpo... –masculló Damion.

–Dilo en francés –le suplicó ella excitada.

Damion lo repitió, y añadió una dulce letanía de frases que no comprendía, pero que, unidas a los movimientos de sus caderas, la llevaron a cumbres mucho más elevadas que las que había alcanzado en los dos orgasmos anteriores, y pronto él la siguió con un intenso gemido de placer.

–*Merci*... –le susurró Damion al oído cuando ambos hubieron recobrado el aliento.

La atrajo hacia sí y los tapó a los dos con la sábana.

–Creo que soy yo quien debería estar dándote las gracias –murmuró Reiko soñolienta.

Damion la besó en el cuello.

–Que me hayas dado tu confianza significa muchísimo para mí –le respondió.

Al cabo de un rato, por su suave respiración Reiko supo que se había dormido. Ella, en cambio, permaneció despierta, aterrada por el pensamiento de que tal vez la única razón por la que había confiado en Damion era porque estaba enamorándose de él.

Capítulo 12

REIKO giró delante del espejo, y una sonrisa iluminó su rostro al ver el vuelo de la falda del vestido antes de que cayera. Se había enamorado a primera vista de aquel vestido. No tenía mangas, y llevaba diminutas cuentas de ámbar cosidas en el cuerpo azul verdoso del vestido, que daba paso a una falda fruncida de gasa en color dorado. Se había dejado el pelo suelto, como siempre, y llevaba unas sandalias doradas de tiras a juego con el vestido.

Damion la había acompañado a comprarlo, pero no había dejado que se lo viese puesto. Estaba deseando ver su cara cuando la viese aparecer. Y también quería que viese en sus ojos lo agradecida que se sentía de que le hubiese ayudado a recuperar la suficiente confianza en sí misma para llevar los brazos desnudos por primera vez en casi dos años, pensó mirando brevemente la larga cicatriz que le recorría el brazo.

Después de asegurarse de que su maquillaje estaba perfecto, se puso el chal de seda a juego con el vestido y bajó las escaleras. Al pasar junto a la biblioteca, camino del salón de baile, oyó la voz de Damion hablando con un hombre, y entró para dar la bienvenida a aquel invitado tan puntual. Damion se giró cuando oyó sus pasos, y le pasó un brazo por la cintura.

–Reiko, permite que te presente al doctor Emmanuel Falcone –dijo.

A pesar de su tono casual, Reiko lo notó tenso.

–El doctor Falcone es un terapeuta de fama mundial que...

Reiko, que se sentía como si un puñetazo en el estómago la hubiese dejado sin aliento, no escuchó el resto de las palabras de Damion. El corazón se le desbocó y su mente se convirtió en un hervidero de pensamientos dispersos.

–¿Reiko? –la llamó Damion vacilante.

Sin saber cómo logró reponerse y conversó con el terapeuta, aunque más que una conversación era evidente que era un sutil interrogatorio de este para tantearla. Se esforzó por mantener la calma, pero su corazón se había resquebrajado y se sentía dolida. A pesar de todo lo que Damion le había dicho, a pesar de todo lo que le había hecho creer, era evidente que sí pensaba que tenía un problema.

El doctor Falcone mencionó algo acerca de concertar una cita cuando le fuese más conveniente, y Reiko asintió como un zombi y aceptó la tarjeta que le tendió. ¿Qué importaba?, se dijo, pronto estaría lejos de allí. De pronto se dio cuenta de que los dos se habían quedado mirándola en silencio.

–Tengo que llamar a la cocina para ver si está todo listo –le dijo a Damion, aliviada de que no le temblara la voz–. ¿Por qué no llevas al doctor al salón de baile? Yo iré en unos minutos.

Cuando se hubieron marchado, Reiko inspiró varias veces para intentar aliviar la sensación de tristeza que había anidado en su pecho. Fuera oyó ruido de coches y voces cargadas de excitación. «Puedo hacerlo», se dijo. «Puedo hacerlo». Y después de esa noche se marcharía. Inspiró una última vez y se dio la vuelta para encontrarse con Damion plantado en el marco de la puerta.

–Ahora no es el momento, Damion –dijo al ver la expresión de su rostro.

–*Oui*, tenemos que hablar ahora –replicó él–. Sé que estás enfadada conmigo, pero yo solo quería...

–¡Tú querías! –le espetó ella airada–. Hasta ahora todo ha sido lo que tú querías. Has invitado a ese hombre sin mi consentimiento. Porque todavía crees que tengo un problema, que necesito que me arreglen como a un juguete roto.

Damion palideció y la tomó de ambas manos.

–No, eso no es así. Pero sí creo que necesitas ayuda para deshacerte de esas pesadillas.

Reiko se quedó mirándolo en silencio.

–He aprendido a vivir con ellas. Además, no son problema tuyo.

Damion apretó la mandíbula.

–No deberías resignarte a vivir con eso. Ya has sufrido bastante.

–Damion, no quiero hablar de esto ahora mismo –Reiko miró hacia la puerta cuando las voces se oían más altas.

Damion le apretó las manos.

–Alguna vez tendrás que hacerlo; no puedes seguir así, Reiko.

Ella sacudió la cabeza. Damion le había hecho enfrentarse a algunos de sus demonios en las últimas semanas, pero el temor de que poco a poco estaba apoderándose de su vida y de sus emociones se había convertido en una realidad que no podía ignorar.

–Tus invitados ya están llegando –le dijo–. Tenemos que salir a atenderlos.

–Los invitados pueden entretenerse solos; esto es importante.

–No puedes...

Las palabras se le atascaron a Reiko cuando vio por encima del hombro de Damion quién acababa de entrar: Isadora Baptiste. Rubia, de ojos azules, escultural y extremadamente hermosa, era todo lo que ella no sería nunca.

Iba acompañada de dos niñas que supuso que debían

de ser sus hijas, y pensar en ese momento que ella nunca tendría la oportunidad de ser madre hizo que una punzada de dolor la desgarrase por dentro.

–¿La has invitado? –Reiko no sabía si estaba más dolida o pasmada.

Damion giró la cabeza y vio a quién se refería.

–Isadora y yo seguimos siendo amigos.

Reiko inspiró profundamente en un intento por recobrar la compostura.

–Muy bien, pues entonces vayamos a saludar a tu «amiga».

Durante los cinco minutos siguientes, Reiko llevó a cabo la mejor interpretación de su vida. Se adelantó a Damion, presentándose a sí misma, y mantuvo la sonrisa mientras departía cortésmente con Isadora, pero era como ser la tercera en discordia, y cuando Damion, ella y las niñas se pusieron a hablar en francés se sintió completamente fuera de juego.

Cuando ya no pudo más, se excusó con una sonrisa forzada y dirigió a otro grupo de invitados, y durante la hora siguiente mantuvo las distancia con Damion. Cada vez que lo veía acercarse, ella se alejaba.

En un momento dado sus miradas se cruzaron, y la enfadó ver que parecía molesto. Lo miró furibunda. La única con derecho a estar molesta era ella.

–Volvemos a encontrarnos. ¡Qué sensación de *déjà vu*!, ¿no?

Reiko dio un respingo al oír esa voz profunda, y al volverse vio a Sylvain Fortier a su lado, observándola con un brillo sagaz en los ojos.

–Pues sí. Quiero decir... –Reiko se aclaró la garganta–. Me alegra volver a verlo, *monsieur*.

El anciano agitó la mano.

–Dejémonos de formalismos, *ma petite*. Ya es hora de dejar de huir.

–¿Perdón?

Sylvain señaló con la cabeza hacia donde estaba Damion, rodeado de Isadora y sus hijas. Formaban un cuadro tan perfecto que a Reiko se le partió el corazón.

–Tiene que dejar de huir y agarrar el futuro por los cuernos antes de que se le escape, *mademoiselle* Kagawa.

Reiko rio con amargura.

–Mi futuro no lo incluye a él. Solo estoy aquí porque me ha encomendado un trabajo, y cuando acabe me buscaré otro, y espero que sea muy, muy lejos de aquí. Y hablando de trabajo... –levantó el brazo para responder a Sabine LeBoeuf, que estaba haciéndole señas para llamar su atención–. Espero que me disculpe; me requieren.

El anciano escrutó su rostro un instante, como pensativo, pero asintió y la dejó marchar.

–¿Qué ocurre? –le preguntó Reiko a Sabine cuando llegó junto a ella.

La mujer estaba hecha un manojo de nervios.

–Una de las modelos no ha aparecido. La agencia llamó para decir que venía de camino, pero no ha llegado y el desfile empieza dentro de diez minutos. Con solo seis modelos no podremos hacerlo en el tiempo previsto, y los fuegos artificiales están programados con un temporizador, así que no podemos retrasarlos.

Reiko intentó no dejarse llevar por el pánico. Sabine ya estaba bastante nerviosa por las dos.

–¿Y de dónde demonios saco yo una modelo ahora? ¿De mi chistera? –masculló entre dientes.

El estilista se acercó hablando con prisa por el móvil, y Reiko lo miró esperanzada, pero cuando este cerró el móvil y sacudió la cabeza se le cayó el alma a los pies.

–Podríamos pedirle a una de las invitadas que haga de modelo –sugirió Sabine–. ¿*Madame* Baptiste, quizá?

–¡No! –se le escapó a Reiko.

–A mí tampoco me parece buena idea –dijo el estilista.

Reiko sintió una pequeña satisfacción al oírlo. Por irracional que fuera, no quería que aquel antiguo ligue de Damion participase de ningún modo en el evento en el que tanto había trabajado.

El estilista se quedó mirándola, como si se le hubiese ocurrido algo.

–¿Qué? –inquirió ella frunciendo el ceño.

–Me parece que he encontrado la solución.

Un inmenso alivio invadió a Reiko.

–Estupendo; ¿quién va a hacer de modelo?

–Tú.

–¿Yo? ¿Te has vuelto loco?

–Estarás perfecta.

–Sí, claro, en Lilliput, querrás decir. Por si no te has dado cuenta, no llego al metro sesenta, y aun con unos tacones de siete centímetros estaría ridícula al lado de las modelos.

–Estarás perfecta –insistió él.

Sabine aplaudió entusiasmada.

–Tu maquillaje es impecable, pero tendremos que recogerte el pelo; no queremos que esa preciosa melena azabache compita con las joyas de la colección Fortier. Buscaremos a uno de los asistentes para que nos ayude –dijo antes de alejarse con el estilista.

–¿Con qué necesitáis ayuda?

La profunda voz de Damion detrás de ella hizo que a Reiko se le subiera el corazón a la garganta. Se volvió, preguntándose cuánto llevaría allí.

–Tenemos un problema de logística –murmuró–, pero parece que ya está todo resuelto.

–No te veo muy segura.

Por supuesto que no estaba segura. En esas dos semanas se había expuesto más de lo que se había expuesto en dos años, y la idea de desfilar con sus cicatrices visibles delante de algunas de las personas más influyentes del mundo la aterraba. Sin embargo, iba a hacerlo, se dijo con decisión.

–Pues lo estoy.

–Reiko, tenemos que hablar, y no aceptaré un no por respuesta.

Reiko abrió la boca para replicar, pero en ese momento regresaron Sabine y el estilista acompañados de las modelos. También iban con ellos un par de forzudos empleados de seguridad que llevaban las cajas que contenían las joyas de la colección Fortier.

Damion miró a las modelos y se giró hacia Reiko.

–¿No falta una modelo?

–Ya no –intervino Sabine–. Reiko la va a sustituir.

Damion sorteó a las modelos que revoloteaban por el pasillo, ya vestidas y arregladas, esperando nerviosas a que comenzase el desfile, y se asomó a la puerta abierta de la sala que estaban utilizando como camerino, donde el estilista le había dicho que encontraría a Reiko.

–¿Pueden dejarnos a solas un momento?

Sabine y la peluquera, que estaba dándole los últimos toques al recogido que le había hecho a Reiko, se volvieron al oír la voz de Damion y de inmediato salieron, cerrando la puerta tras ellas.

–Vuelve a sentarte –le dijo Damion a Reiko, que se había levantado.

Con el corazón en la garganta, Reiko se sentó de nuevo frente a la mesa alargada con espejos iluminados. Damion se acercó por detrás y acarició las tres marcadas cicatrices que tenía en la nuca antes de ponerse a su lado para abrir la caja recubierta de terciopelo que había sobre la mesa.

Cuando abrió la tapa, Reiko se quedó boquiabierta y se llevó una mano al pecho. Nunca había visto nada tan hermoso como la gargantilla que contenía la caja. Tenía cuatro hileras de pequeños diamantes, y colgando en el extremo un zafiro de considerable tamaño engastado en una montura de plata exquisitamente labrada.

Damion la levantó con las dos manos y se la colocó en el cuello. Reiko se quedó muy quieta, con el estómago encogido, mientras Damion cerraba el enganche. Cuando terminó, apoyó las manos en el respaldo de la silla, miró el reflejo de Reiko en el espejo, y se inclinó para besarla en el cuello antes de levantar la cabeza y susurrarle:

–Bravo, *ma belle*.

A Reiko se le humedecieron los ojos, pero parpadeó para contener las lágrimas y se puso de pie, apartándose de Damion.

–No... no creo que pueda hacer esto –le dijo asustada–. Toda esa gente que hay ahí fuera, esperando... Y yo...

–Tú eres la mujer más valiente que he conocido en toda mi vida –contestó él.

Reiko sacudió la cabeza.

–No, no lo soy. Mi cuerpo está lleno de espantosas cicatrices mientras que esas chicas de ahí fuera son perfectas.

–No estoy de acuerdo; la perfección no existe. Pero, si existiera, te aseguro que tú serías lo más parecido a ella.

–Maldita sea, Damion, si me haces llorar, echaré a perder el maquillaje, y, si pasa eso, te daré una patada en el trasero –le contestó ella, parpadeando con fuerza–. Además, ¿no deberías estar en el salón de baile ocupándote de tu «amiga»?

Una sonrisa asomó a los labios de él.

–Me gusta que estés celosa –bajó la vista a la gargantilla y la sonrisa se desvaneció–. Hay muchas cosas que me gustan de ti; quizá demasiado.

Tras esa enigmática afirmación la besó en la frente y se marchó, dejando la puerta abierta. Fuera comenzó a sonar la música del desfile, y cuando el estilista asomó la cabeza para preguntarle si estaba lista todo su cuerpo se tensó, como si no quisiera moverse de donde estaba.

Sin saber cómo, logró dar un paso y después otro, así hasta llegar a la puerta, y asintió temblorosa.

—Estoy lista.

Damion se colocó al final de la pasarela para ser el primero en ver a Reiko cuando saliera. Quería que centrara su atención en él. Lo necesitaba como el aire que respiraba. Todavía no se había repuesto del impacto de verla con aquella gargantilla. Reiko desconocía la historia que había detrás de la joya, por supuesto; muy poca gente la conocía. Reprimió una sonrisa al pensar en cuál sería su reacción cuando lo descubriese.

A un lado tenía a su padre, sentado en su silla de ruedas, con la mirada fija en la pasarela. Al otro a Isadora, diciéndole algo en voz baja. Damion no le prestó demasiada atención; todos sus sentidos estaba centrados en la cortina de terciopelo rojo, iluminada por los focos por delante de la cual de un momento a otro...

En ese instante salió Reiko y a Damion se le cortó el aliento. El adjetivo «deslumbrante» se quedaba corto para describirla. Llevaba la cabeza levantada en el ángulo perfecto para que luciera más la gargantilla, y sus andares, lentos y seductores, estaban prendiendo fuego en él.

A su alrededor se produjo un eco de murmullos de admiración, entremezclados con otros de asombro, como cuando él se preguntaba qué tenía Reiko que lo fascinaba de aquella manera.

Al llegar al final de la pasarela, Reiko bajó la vista hacia él, y durante casi un minuto ninguno de los dos se movió. En los ojos de ella había un atisbo de temor, bastante de desafío, y mucho de obstinación.

Sin embargo, era el valor que refulgía en lo más hondo de su ser lo que le llegó al corazón. Debajo de esa coraza de mujer fuerte e indolente que llevaba siempre, había un alma sensible que había sufrido muchísimo, y

aun así estaba luchando con uñas y dientes por mantenerse a flote.

La adoraba; era así de simple. Dejó que ese sentimiento lo inundara para que Reiko pudiera verlo en
sus ojos. Y supo que lo vio, porque abrió mucho sus
bellos ojos, y sus labios se entreabrieron, haciendo que
una nueva ráfaga de deseo lo sacudiera.

«Eres mía», le dijo moviendo la boca sin pronunciar
las palabras. Y Reiko debió de leer sus labios, porque
sus dedos se movieron nerviosos contra la vaporosa tela
de la falda de su vestido.

Damion asintió con la cabeza, y Reiko inspiró para
centrarse de nuevo en el desfile y se dio la vuelta.

La luz de los focos iluminó su espalda desnuda, re-
saltando la miríada de cicatrices que recorrían su piel
antes de desandar la pasarela. La gente volvió a mur-
murar de asombro y admiración.

—Muchacho, si sabes lo que te conviene, deja a un
lado tu orgullo y no la dejes escapar —le dijo su abuelo.

Damion giró la cabeza hacia él y le contestó, expli-
cándole de un modo breve y conciso lo que pensaba hacer. El asentimiento de aprobación de su abuelo alegró
su corazón.

Giró de nuevo la cabeza hacia la pasarela y siguió a
Reiko con la mirada. Para cuando desapareció tras la
cortina, en medio de un ruido ensordecedor de aplausos,
Damion ya sabía sin la menor duda que no volvería a
besar a más chicas-rana.

Cuando Reiko salió del guardarropa, afuera los fuegos artificiales estaban iluminando ya el cielo nocturno,
y todo el mundo estaba en los jardines, disfrutando de
ellos.

A pesar de los nervios que había pasado durante el
desfile, no pudo evitar que una sonrisa se formase en
sus labios. Estaba pletórica. «Mis cicatrices no han ho-

rrorizado a nadie», pensó. Y en cuanto al modo en que Damion la había mirado... Una ola de calor subió por su cuerpo, y sintió un cosquilleo de deseo en los senos y en el vientre.

Disfrutaría de esa última noche con Damion, grabaría en su mente a fuego cada detalle para recordarlo cuando se hubiese marchado.

En el amplio pasillo se encontró con Sylvain, que iba camino del vestíbulo en su silla de ruedas eléctrica.

—Me complace ver que por fin se ha roto el maleficio de esa gargantilla —dijo deteniendo la silla.

Reiko se paró también.

—¿El maleficio?

—*Oui*. Esa gargantilla se la encargó mi abuelo a un orfebre para regalársela a su esposa, que no era más que una chiquilla, una adolescente. Obtuvo su mano en un duelo que libró con otro pretendiente. Como no quería que el otro hombre olvidara que era él quien había ganado, la hacía llevar esa gargantilla cada vez que se dejaban ver en público.

—Vaya, qué historia tan... curiosa. Pero... ¿y el maleficio?

—Mi abuela hizo que la vida de su marido fuera un infierno, igual que las otras mujeres que llevaron esa gargantilla: mi madre y mi esposa —le explicó Sylvain.

Recordando lo que Damion le había contado de Gabrielle Fortier, Reiko se compadeció del anciano.

—Lo siento —murmuró.

Sylvain sacudió la cabeza.

—No sienta lástima de mí, *mademoiselle*. Los Fortier somos dados a amar demasiado, incluso de un modo obsesivo, pero solo amamos una vez en la vida —alzó la vista a las escaleras, donde su cuadro *Femme sur plage* había ocupado un lugar de honor—. Gracias por traerlo de vuelta. Damion me dijo que había comprado *Femme en mer*. Eso me hace pensar que no es tan indiferente a mi nieto como quiere hacerme creer.

Reiko, que no sabía qué contestar, se quedó callada y lo siguió fuera. En cuanto se unieron a Damion, que estaba con Isadora y sus hijas, sintió su intensa mirada sobre ella, como cuando había movido los labios en el desfile pronunciado en silencio las palabras «eres mía».

No se resistió cuando le rodeó la cintura con el brazo y la atrajo hacia sí, y permanecieron así durante todo el espectáculo de fuegos artificiales, pero a cada minuto que pasaba sentía que la euforia que había experimentado hacía unos momentos se tornaba en desesperanza.

Damion no había dicho nada especial; solo había sido su manera de marcarla, de proclamar como suya, igual que si fuese... un pedazo de carne. Contuvo su enfado lo mejor que pudo.

Sin embargo, cuando se hubieron marchado los últimos invitados, el abuelo de Damion se hubo retirado, y se quedaron a solas en el vestíbulo, Reiko se volvió hacia él.

–Quítame la gargantilla, Damion.

Damion tenía otras cosas en mente. La alzó en volandas, y no la dejó en el suelo hasta que estuvieron en su dormitorio. Y aun entonces fue solo para quitarse la chaqueta del esmoquin antes de atraerla hacia sí y besarla hasta que tuvieron que parar porque se estaban quedando sin aliento.

En cuanto despegó sus labios de ella, Reiko se echó hacia atrás tambaleándose.

–¿No has oído lo que te he dicho antes? Quítamelo.

Damion dio un paso hacia ella con una mirada traviesa.

–Todavía no. Me gusta cómo te queda.

–Sé por qué hiciste que fuera yo quien llevara esta gargantilla. ¿Es así como me ves?, ¿como a una posesión? ¿Como tu tatarabuelo veía a tu tatarabuela?

Damion se detuvo.

–No, pero soy muy posesivo en lo que se refiere a ti. Observándote esta noche después del desfile... –sacudió la cabeza y añadió con voz ronca–: Me ponía enfermo cada vez que veía a otro hombre mirándote.

–Entonces deberías haber dejado que me quitara antes la gargantilla.

–Estaba poniéndome a prueba.

–¿Qué?

–La primera vez que vi a mi abuela con él, me contó la historia de la gargantilla, y como sabía que no era una persona sumisa le pregunté por qué lo llevaba. Me respondió que era porque quería recordarle a mi abuelo quién tenía el control.

Reiko frunció el ceño.

–No entiendo.

–Nunca he visto a un hombre tan absorbido por una mujer como lo estaba mi abuelo con ella. Ocupaba su pensamiento todo el tiempo. Yo diría que era incapaz hasta de respirar sin pensar en ella.

–Bueno, algunos a eso lo llamarían «amor».

Los ojos de Damion se oscurecieron.

–Mi abuela utilizaba los sentimientos de mi abuelo para humillarlo; ¿acaso llamarías a eso «amor»?

–¿Cómo se sintió tu abuelo cuando ella murió?

–Jamás lo había visto tan hundido –admitió él.

Reiko iba a decirle lo que le parecía que significaba eso, pero de pronto la asaltó un temor.

–Y esa... prueba que estabas llevando a cabo... ¿cuál ha sido el resultado?

Una amplia sonrisa iluminó el rostro de Damion.

–Me sentí aliviado cuando me di cuenta de que, aunque sentía celos de los hombres que te miraban, no perdí la cabeza ni me lié a puñetazos con ninguno de ellos.

Reiko sintió una punzada en el pecho.

–Pues qué bien; me alegro por ti. Y ahora, ¿haces el favor de quitarme esto? –le dijo señalando la gargantilla.

Damion no le hizo caso, sino que se quedó mirándola largamente, y sus ojos brillaron de un modo que hizo que a Reiko se le cortase el aliento.

–¿Damion?

–Te quiero desnuda –murmuró alargando una mano para acariciarle la mejilla–; sin nada más que esa gargantilla.

–Pero Damion... –replicó ella sin la vehemencia que pretendía. Su cuerpo estaba hambriento de él.

Damion le rodeó la cintura con los brazos, y el calor de su cuerpo prendió en el suyo.

–Déjatelo puesto por mí; celebremos el fin de la maldición –murmuró mientras le bajaba la cremallera del vestido.

Las protestas de Reiko se vieron ahogadas por sus caricias, que parecían tener el poder de derretirla por dentro, y con un suave suspiro se rindió a él.

Cuando Damion vio lo que llevaba debajo del vestido, unas braguitas doradas de encaje, emitió un gemido de deseo.

–Aunque puede que después de todo la maldición no se haya roto, porque con solo mirarte me vuelves loco.

–A mí me pasa lo mismo contigo.

Damion fingió un rugido al tiempo que la levantaba para arrojarla sobre la cama. Reiko se incorporó, quedándose de rodillas, y alargó las manos para desabrocharle la camisa. Cuando terminó, se echó hacia atrás y observó cómo se la quitaba sin apartar la vista de ella.

Reiko se quitó con impaciencia las braguitas. Sin nada ya encima más que la gargantilla, se tendió en la cama.

Damion resopló entre dientes y sus manos, que estaban desabrochando el cinturón, se quedaron inmóviles. Reiko sintió un impulso irresistible de tentarlo un poco más. Subió los brazos por encima de la cabeza, apoyándolos en la almohada, y abrió lentamente los muslos exponiéndose por completo a él.

Los ojos grises de Damion se oscurecieron, y aunque apretó los labios, como si estuviera intentando mantener el control sobre sí, sus manos se deshicieron raudas del resto de la ropa.

Desnudo en toda su gloria, se subió a la cama con ella y se dispuso a hacerle el amor como si su vida dependiera de ello.

Varios orgasmos después, Reiko se quedó dormida, y cuando se despertó lo encontró observándola. Al tragar saliva y sentir una ligera presión en el cuello recordó que aún llevaba puesta la gargantilla.

–¿En qué piensas? –le preguntó a Damion.

–En que no me siento asfixiado; tú eres como una brisa de aire fresco. Quiero que te quedes conmigo.

Reiko sintió una punzada de inquietud.

–¿Que me quede contigo? ¿Hasta que encuentres a otra mujer a la que quieras llevarte a la cama?

Damion la besó con ardor, como reprochándole que dijera eso.

–No, Reiko. Te quiero a mi lado y no quiero que eso acabe. Lo nuestro puede funcionar. Respecto a lo del terapeuta al que invité... me he equivocado; ahora creo que eres lo bastante fuerte como para conseguir dejar atrás tú sola las pesadillas.

–Pero yo...

Damion la interrumpió con otro beso delicioso.

–No tienes que darme una respuesta ahora mismo; puedes decirme que sí por la mañana –murmuró besándola en la mejilla.

Sus labios descendieron por la mandíbula de Reiko con pequeños besos, dejando un rastro ardiente a su paso que amenazaba con resquebrajar el hielo que se había formado en torno a su corazón.

–Escucha, Damion...

–Shh... Esto asusta, lo sé. Yo también estoy asustado. Pero los dos queremos esto.

Que le confesara que él también era vulnerable hizo

que Reiko lo amase aún más, y puso una mano en su apuesto rostro mientras su corazón lloraba de pensar en lo mucho que le dolería perderlo otra vez.

—De acuerdo; hablaremos por la mañana.

«Eres una cobarde», dijo una vocecilla en su mente. Reiko la ignoró y besó a Damion, que respondió con fruición.

Empujada por la desesperación, lo hizo rodar con ella y se colocó a horcajadas sobre él. Damion gimió sorprendido cuando tomó su miembro y lo guio dentro de sí.

—*Mon ange, ¿qu'est-ce tu m'as fait?* —le preguntó él con voz entrecortada, como si apenas pudiese contener su excitación.

Reiko plantó las manos en su pecho y cabalgó sobre él acelerando el ritmo progresivamente. Damion echó la cabeza hacia atrás, jadeando y murmurando palabras incomprensibles.

Reiko se sentía como si estuviese dentro de un tornado. Las fuertes manos de Damion la asieron con fuerza por la cintura y los dos siguieron moviendo las caderas hasta que ya no pudieron aguantar más. Los gemidos de éxtasis de ella llevaron a Damion al orgasmo, y ella lo siguió, derrumbándose sobre su cuerpo sudoroso.

El pecho de Damion subía y bajaba bajo su mejilla, y permaneció abrazada a él hasta asegurarse de que se había dormido.

Las lágrimas rodaban por sus mejillas cuando se incorporó finalmente y se quitó de encima de él y se bajó de la cama con cuidado para no despertarlo.

La gargantilla volvió a apretarle el cuello cuando tragó saliva. Desesperada por quitársela, se llevó las manos a la nuca para intentar encontrar el enganche. Varios minutos después por fin logró liberarse de ella. La dejó apresuradamente encima de la mesilla de noche, recogió su ropa del suelo y entró en su dormitorio por la puerta que conectaba con el de Damion.

Hacer la maleta le llevó menos tiempo de lo que le había llevado quitarse la gargantilla. Luchando contra las lágrimas se calzó unas manoletinas y salió al pasillo.

Había bajado ya media escalera cuando oyó un ruido detrás de ella. Al girar la cabeza y ver a Damion, ataviado únicamente con un pantalón de chándal, la maleta se le escurrió de las manos y cayó rodando ruidosamente hasta el rellano inferior, pero ninguno de ellos la miró.

Las facciones de Damion estaban tensas, y tenía una ceja enarcada, como con desdén.

—Nunca pensé que fuera tu estilo escabullirte a medianoche.

Reiko tragó saliva.

—¿Có... cómo has sabido que...?

Damion levantó una mano y Reiko vio que tenía en ella la gargantilla.

—Se resbaló de la mesilla y cayó al suelo —respondió él.

Se guardó la gargantilla en el bolsillo del pantalón y comenzó a bajar las escaleras.

—Sea cual sea el motivo por el que quieres huir, vamos a hablar de ello; esta noche.

Reiko bajó el resto de las escaleras y puso la maleta de pie. Damion bajó apresuradamente también los escalones que le quedaban para darle alcance.

—Maldita sea, Reiko, ¡*arrête*! —dijo agarrándola de la muñeca.

—No. No voy a dejar que me convenzas de que tome una decisión de la que te arrepentirás dentro de unos años.

—Deja de hablar en acertijos y dime qué es lo que te pasa.

—No puedo quedarme contigo, Damion —murmuró Reiko, sintiendo que el corazón se le hacía añicos. Sacudió la cabeza—. Te he visto con Isadora esta noche.

–Y yo no tenía ojos para nadie más que para ti. Pero esto no tiene nada que ver con los celos, estoy seguro. Te ocurre algo; cuéntamelo.

–Muy bien, te lo contaré. Miró a mi alrededor y huelo a historia; puedo oler generaciones y generaciones remontándose atrás siglos y siglos. Y entonces me pregunto qué diablos estoy haciendo aquí; este no es mi sitio.

–Te equivocas; yo te quiero a mi lado. ¿Por qué estás tan empeñada en poner fin a esto? –inquirió él en un tono extraño, como si tuviera un nudo en la garganta.

Al mirarlo a los ojos, a Reiko se le encogió el corazón al ver el temor y la vulnerabilidad que vio en ellos.

–Porque... porque tengo que hacerlo.

–Comprendo que los dos nos sentimos como peces fuera del agua en esto, pero huir no soluciona las cosas; no voy a dejarte huir.

Reiko lo miró a los ojos con el corazón partido de dolor.

–No puedo quedarme contigo.

Finalmente, Damion pareció aceptar que lo estaba diciendo en serio. Sus facciones se endurecieron y su cuerpo se puso tan rígido que parecía una estatua de piedra.

–Dime por qué.

–Porque eres el último de los Fortier. Necesitas a una mujer digna de ser la baronesa de Saint Valoire con la que puedas tener un montón de críos –la voz se le quebró y las rodillas le flaquearon–. Y yo... yo no puedo tener hijos, Damion.

Capítulo 13

REIKO se volcó en el trabajo como nunca en las semanas siguientes. Una vez Yoshi supo que tenía disponibilidad, empezó a darle trabajo y se encontró cruzando las densas junglas de Vietnam en busca de una rara pieza, viajó tres días en camello para llevar un cuadro a un jeque marroquí, y se enfrentó al frío de Kazajistán para llegar a un acuerdo sobre seis estatuillas.

Y, sin embargo, todo el tiempo, por muy cansada que estuviese, su último pensamiento antes de acostarse, y el primero al levantarse, era el recuerdo de la cara que había puesto Damion cuando había dejado caer la bomba.

–¿Que no puedes tener hijos? –había repetido.

Se había puesto pálido y se había quedado paralizado de incredulidad. Reiko había sacudido la cabeza y le había respondido:

–Me lo dijeron los médicos cuando desperté de la anestesia tras la operación. Tuvieron que quitarme un ovario y el otro quedó muy dañado. Las posibilidades de que pueda quedarme embarazada son prácticamente nulas.

Un gemido ahogado había escapado de los labios de Damion al oír eso. Luego había abierto la boca, como para decir algo, pero no había sido capaz de articular palabra. A pesar de su propio dolor, Reiko se había compadecido de él.

–Quieres tener hijos, ¿no?

Él había palidecido aún más, y había asentido muy serio.

149

Aunque Reiko había sabido cuál sería la respuesta, había sido como si le hubiesen clavado un cuchillo en el corazón.

–Intenté advertirte de que esto no podía llegar a ninguna parte.

Damion se había quedado allí plantado, sin moverse, aturdido. Una parte de ella no quería irse, pero su corazón estaba roto, estaba sangrando, y necesitaba alejarse de él lo antes posible.

–Adiós, Damion –se había despedido con un hilo de voz.

Luego había tomado su maleta y había salido por la puerta. El taxi que había llamado la esperaba allí. Se había subido a él, y se había alejado, y Damion ni siquiera había intentado ir tras ella.

Reiko entró en su apartamento de Kioto y soltó el bolso en la mesita del salón. En ese momento sonó el tono de su móvil que indicaba que había recibido un mensaje de texto. Seguramente sería por trabajo. El impulso de ignorarlo se desvaneció cuando pensó en lo que ocurriría si tuviera demasiado tiempo para pensar: acabaría pensando en Damion, recordando cada una de sus sonrisas, cada palabra, cada caricia, y se pondría a llorar de nuevo. Ella, que iba por la vida de dura, había llorado hasta dormirse muchas noches después de abandonar París.

Volvió a sonar el móvil; otro mensaje. Con un suspiro lo sacó del bolso. Era de Yoshi; directo y conciso: *Cliente muy importante. Oportunidades así no surgen todos los días.*

Reiko puso los ojos en blanco y contestó con otro mensaje preguntándole dónde quería que quedaran para que le diera los detalles. Parecía que un cliente nuevo de Yoshi llamado Tom Radcliffe se había encaprichado de ella, porque últimamente no hacía más que encargarles trabajos. Por un lado, la irritaba, pero por otro era un alivio, porque la mantenía ocupada y así tenía menos tiempo de pensar en Damion.

Era una tonta. ¿Acaso había esperado que Damion fuera tras ella? Para él lo de tener hijos no era algo negociable. El linaje de los Fortier no podía acabar simplemente porque la quería en su cama.

Se llevó una mano a la nuca para quitarse la pinza que le sujetaba el cabello. Había empezado a llevarlo recogido, sin preocuparse de que la gente viera sus cicatrices. Ahora era mucho más fuerte... y era gracias a Damion, añadió para sus adentros, sintiéndose desgraciada.

Su móvil volvió a sonar. Leyó el mensaje de Yoshi y miró con incredulidad la pantalla. ¡De todos los sitios donde podían quedar...! Anotó mentalmente la hora y le respondió para decirle que se verían allí.

Ver los cerezos en flor en su parque favorito de Kioto solía animarla, pero últimamente ni siquiera eso lograba hacer que sonriera, pensó cuando llegó y se sentó en un banco, con las manos metidas en los bolsillos de la chaqueta.

De pronto una sombra surgió de detrás de un árbol. Los anchos hombros y sus andares arrogantes hicieron que se le cortara el aliento, pero se obligó a respirar.

No tenía sentido correr el peligro de morir por asfixia por cada hombre cuya constitución o forma de caminar le recordase a Damion. Apartó la vista de aquella figura. No podía seguir haciéndose daño de aquella manera, no podía...

Sin embargo, volvió la vista hacia allí. El hombre estaba mucho más cerca. Lo bastante como para verle la cara, los ojos, el atractivo mentón...

—¡Damion! ¿Qué... qué estás haciendo aquí? —balbució aturdida.

Damion se detuvo frente a ella y se quedó mirándola.

–Si estabas esperando a ese Radcliffe, siento decepcionarte.

Reiko no podía creerse que lo tuviera allí, delante de ella, después de que hubiera invadido sus pensamientos noche y día durante semanas.

–Esperaba a Yoshi –contestó frunciendo el ceño–. ¿Y cómo sabes lo de Tom Radcliffe?

Damion esbozó una media sonrisa.

–Huiste de mí. Y te dejé hacerlo porque en ese momento estaba confundido y no fui capaz de reaccionar, pero no debes subestimarme, Reiko. Hagas lo que hagas, acabaré enterándome.

–Espero que lo digas en broma, porque, si no, me parece que deberías buscar ayuda. ¿Y qué quieres decir con eso de que me «dejaste» hacerlo?

Los ojos de Damion brillaron de un modo posesivo.

–Eres mía, Reiko; ya es hora de que vuelvas conmigo.

Con el corazón en la garganta, Damion observó las distintas expresiones que cruzaron por el rostro de Reiko. Estaba dispuesto a luchar por recuperarla, a hacer lo que hiciera falta.

Esas tres últimas semanas habían sido las peores de su vida. Al principio se había dicho que Reiko necesitaba tiempo, pero en realidad era él quien lo había necesitado, para aclarar sus ideas y decidir lo que quería. Al final había resultado muy simple: quería a Reiko a su lado, y eso anulaba todo lo demás. Todo.

–Mírame bien, Damion. No llevo un collar de perro ni una correa; no te pertenezco. No eres mi dueño.

–Yo no quiero ser tu dueño –Damion se pasó una mano por el cabello y se quedó callado un momento antes de continuar–. Pero nuestro sitio está al lado del otro. Y eso no lo va a cambiar el que pongas miles de kilómetros de distancia entre nosotros –apretó la mandíbula–. Y dejar que ese Radcliffe mariposee a tu alrededor tampoco va a hacer que me olvides.

La mirada de desesperanza que asomó a los hermosos ojos de Reiko se le clavó en el alma.

–No es así de simple –replicó ella–. Sabes que no.

Damion asintió.

–Lo sé, sé que no es fácil, pero me confiaste tu más oscuro secreto, el que te causaba más dolor. Sé que he metido la pata, y habría venido antes, pero mi abuelo ha muerto y...

Reiko lo interrumpió, tapándole la boca suavemente con los dedos.

–¡Cuánto lo siento, Damion!

El dolor de él era palpable a pesar de su breve asentimiento de cabeza.

–*Merci*. Sé que no tengo derecho a pedirte que vuelvas a confiar en mí, pero te lo pido de todos modos. Podemos superar esto.

–No hay nada que superar. Nunca podré darte hijos, Damion –replicó ella, sintiendo que el dolor la desgarraba por dentro.

Los ojos de Damion se oscurecieron.

–¿Pero tú querrías...?

Reiko resopló temblorosa.

–Damion, por favor, no...

–¿Por qué querrías poder darme hijos? –Damion no iba a dejarlo estar–. Podría empezar yo y desnudarte mi alma ahora mismo, pero no quiero asustarte. Te he hablado de la obsesión que han padecido los hombres de mi familia. Puede que yo también esté obsesionado contigo... o puede que sea algo natural. Por eso necesito saber qué es lo que sientes tú. Necesito saber si es distinto de lo que siento yo.

El temor a esperar demasiado llenó a Reiko de inquietud.

–¿Por qué querrías poder darme hijos, *mon amour*?

–Por... porque te quiero.

Damion exhaló un largo y profundo suspiro y la rodeó con sus brazos. El tiempo se detuvo, y Reiko no se dio cuenta de que estaba llorando hasta que la fría brisa le hizo sentir las lágrimas en sus mejillas.

Damion se echó hacia atrás y tomó su rostro entre ambas manos para mirarla a los ojos.

–Yo también te quiero –le dijo–; y mi amor por ti es más fuerte que mi deseo de ser padre. *Je t'aime*.

Reiko se sentía como si el corazón fuera a estallarle de felicidad. Las rodillas le flaquearon, pero los fuertes brazos de Damion la sostuvieron, y la besó hasta dejarla sin aliento. Apoyó su frente en la de ella y le dijo:

–Sé que te asusta un poco que sea tan posesivo. Voy a intentar solucionarlo. Si un día empiezas a sentirte agobiada, dímelo y hallaré el modo de resolver las cosas.

–¿Cómo?

Damion se quedó aturdido, como si no hubiera pensado en eso, y Reiko vio que palidecía de preocupación.

–¿Damion?

–No tengo respuestas, *mon amour*. Lo único que sé es que no puedo vivir un solo día más sin ti, y que he venido aquí para suplicarte que vuelvas conmigo.

Reiko suspiró y esbozó una sonrisa.

–Esa es; esa es la sonrisa que necesitaba.

Damion frunció el ceño.

–¿Cuál?

–Saber que no tienes todas las respuestas. Tampoco yo las tengo. Y me gusta que así sea; hace que la vida sea más interesante –a pesar de la dicha que embargaba a Reiko, había algo que impedía que esa dicha fuera completa–. Pero Damion...

–Antes de que te causes más dolor innecesario, hay otra cosa que debes saber –la interrumpió él–. He buscado a los mejores expertos en tratamientos de fertilidad de toda Francia. Si quieres, podemos barajar qué opciones tenemos. O, si lo prefieres, podríamos adoptar.

Reiko parpadeó.

–¿Estarías dispuesto a adoptar? Pero tu familia...

–Ahora que ha muerto mi abuelo, yo soy el último descendiente de la familia. Puedo decidir mi propio destino, y quiero que tú formes parte de él. Para mí eres lo primero, y siempre lo serás.

–No te imaginas lo que me excita oírte decir eso –murmuró Reiko, rodeándole el cuello con los brazos.

–¿Lo bastante como para que vayamos a mi piso, nos desnudemos y acabemos en la cama, completamente sudorosos? –inquirió él antes de besarla.

–Sería un comienzo. Y, si te portas bien, hasta puede que me disfrace de geisha para ti –le dijo Reiko. Cuando Damion imitó el rugido de un león, se rio y esbozó una sonrisa pícara–. ¿Te excita eso?

–Llevo tres semanas sin ti, y mi apetito sexual ahora mismo es voraz. Ten cuidado, no vayas a poner en peligro tu integridad, *ma petite* –bromeó él. Cuando vio a Reiko hacer una mueca, se rio y le preguntó–: ¿No te gusta que te llame así?

–No, me hace sentirme como una liliputiense.

–Tonterías; eres perfecta.

–No llego al metro sesenta. Necesito zancos para ver la mitad de lo que pasa en el mundo.

Damion se puso serio y la miró de un modo muy intenso.

–Pero ahora me tienes a mí. Yo seré tu guía. No más zancos. Ya has sufrido bastante.

Los ojos de Reiko se llenaron de lágrimas.

–Te quiero, Damion.

–*Je t'adore aussi* –respondió él–. Y sí, te enseñaré francés.

–Más te vale. Me va a hacer falta.

Cuando Damion frunció el ceño, ella asintió.

–¿Te acuerdas de ese cuadro que compraste en Bordeaux?, ¿el Ventimiglia? Es robado. La Interpol lleva seis años detrás de él. Los legítimos propietarios son la familia Busson –el pasmo de Damion la hizo reír–. Bienvenido al lado oscuro.

Epílogo

CUANDO entró en el porche acristalado de su castillo, inundado por la luz del sol, Damion se detuvo, y se quedó mirando divertido la visión que tenía ante sí: Reiko estaba tumbada en el suelo sobre una esterilla, con la barriga al aire, y el pequeño Stephane, de tres años, embadurnándosela con las manos de pintura de colores con los botes de témperas que le habían regalado.

–Pero ¿qué está pasando aquí? –inquirió.

Reiko lo miró y sonrió.

–Cualquiera que entrara ahora mismo y nos viera se preguntaría exactamente lo mismo –respondió mientras Damion se acercaba–. Estaba intentando hacer esa tabla de ejercicios de Pilates para embarazadas que el instructor diseñó para mí, pero parece que a Stephane le ha dado por la pintura abstracta.

–Sí, eso ya lo veo –dijo Damion ladeando la cabeza para intentar dilucidar qué estaba dibujando el pequeño.

Reiko sonrió de nuevo.

–No ahogues su proceso creativo. Si las estrellas del pop pueden ponerse un vestido de carne cruda para expresarse, los niños pequeños pueden pintar en la barriga de sus madres.

–¿Y qué reciben los padres a cambio por padecer este... esperpento artístico?

–Pueden unirse también, y después puede que se lleven un premio especial.

El entusiasmo con que Damion se quitó los zapatos y la chaqueta y se tiró al suelo con ellos hizo que Reiko se echara a reír.

Stephane, su hijo adoptado, dio un gritito de alegría cuando Damion lo levantó del suelo y le hizo cosquillas. Reiko lo observó con una sonrisa en los labios y se llevó una mano a la barriga, sin poder creer aún lo afortunada que era. Durante dos años, todos los especialistas de Francia y Estados Unidos con los que habían hablado les habían dicho que era imposible que llegase a concebir un hijo de forma natural.

Por eso habían decidido adoptar. Al iniciar el proceso de adopción, se habían dado por vencidos, y de repente, tres meses atrás, no le había bajado la regla. Al mes siguiente tampoco. No fue hasta el tercer mes cuando se atrevió a creer que era posible que estuviera embarazada.

Por su frágil constitución, el bebé tendría que nacer por cesárea, pero para Reiko aquello no era más que otro reto.

—Ya estás mirándome otra vez de esa manera —murmuró Damion.

—¿De qué manera?

—De esa que me dice que estoy a punto de tener un golpe de suerte y bailar el tango contigo... en la cama.

La risa de Reiko hizo que una sonrisa muy sexy se dibujase en el rostro de Damion. Sus ojos, sin embargo, rebosaban amor y devoción.

Reiko le guiñó un ojo.

—Pues sí, yo diría que sí.

Todo su mundo se volvió del revés

El famoso playboy Orion Moralis creía en la lascivia, no en el matrimonio, hasta que posó su mirada sobre la inocente nieta de un empresario rival. Selina Taylor era intensamente pura y, al tomar sus labios, Orion supo que debía poseerla. Sin embargo, el matrimonio fue fugaz…

Seis años después de haber sido desechada como un juguete roto, Selina se había vuelto más madura y, definitivamente, más sabia en lo que respectaba a los hombres cargados de sensualidad. Sin embargo, atrapada a bordo del lujoso yate de Orion, los recuerdos del pasado habían empezado a regresar para atormentarla. Y con los malos recuerdos habían llegado también los buenos. Pronto, se sentiría incapaz de resistirse a la intensa atracción sensual que había entre ambos.

El regreso de una esposa

Jacqueline Baird

¡YA EN TU PUNTO DE VENTA!